Tämän halusin kertoa

Kirjoittajapiiri Haukka

TÄMÄN HALUSIN KERTOA

Antologia

Tämän halusin kertoa

Tekstit: Kirjoittajapiiri Haukka, Paltta ry, Lappeenranta

Pirjo Ahlberg
Laila M. R. Hietamies
Hilkka Hännikäinen
Päivi H. Kokkonen
Riitta Komi
Lea Lignell
Liisa Lousa
Pirjo Mellanen
Sirpa Minkkinen
Päivi Mutikainen
Juha Mänttäri
Marja-Liisa Oikkonen
Anneli Pylkkönen
Soile Rinno
Risto Talka
Sinikka Vuento
Raija Vuorela

Toimittajat: Pirjo Ahlberg ja Sinikka Vuento
Taitto: Mari Vuento ja Aimo Vuento
Kannen piirroskuva: Laila M. R. Hietamies
Takakannen kuva: Sinikka Vuento
Sisäsivujen kuvat: kirjoittajien arkisto
Kustantaja: BoD · Books on Demand GmbH,
Helsinki, Suomi
Kirjapaino: Libri Plureos GmbH, Hampuri, Saksa
ISBN: 978-952-80-8309-2

SISÄLTÖ

Pirjo Ahlberg

kirjoittaja ja luonnossa kulkija, tie-dottaja (MTi)

Kirjoittamiseni on vahvasti sidoksissa luontoon. Kuinka luonto näyttäytyy minulle nykymaailman menossa, lukemisen ja lukutaidon merkitys, kirjallisuus, eritoten lastenkirjallisuus, mielen ja kehon hyvinvointi – siinä aiheita, joiden vuoksi ja puolesta kirjoitan. Parhaimmillaan kirjoittaminen tuottaa elämyksiä, lohtua ja nautintoa. Kirjat: Lastenkirja "Pipaluk", 2021, Mini Kustannus ja "Minussa on kaksi minua", 2015, Kirjokansi. Antologiat: Sydänääniä (Kirjoittajapiiri Haukka), 2021, Mediapinta, Lastujen laineet, Juhani Aho 150 (Ylä-Savon kirjallinen yhdistys Panu ry), 2012, ja Lastuja (Pohjois-Karjalan kirjailijayhdistys ry), 2011, Juvenes Print.

PUUTARHURI

On heinäkuun ilta ja puutarhuri kastelukannukierroksellaan pienellä pihalla. Kierros keskeytyy, kun puutarhurin saapas on vähällä tallata muhkean ökkömönkiäisen liiskaksi. Säikähdys lamaannuttaa kummankin paikoilleen. Kannunkantajan kiljahdus purkautuu sanoiksi. *No nyt ne ovat jo täällä!* Siis espanjansiruetanat! Kännykkä taskusta ja makrolinssi esiin.

Mönkiäinen jatkaa toukkamaista mateluaan välittämättä kameran räpsähtelystä ja luovii heinikon suojassa kohti kelokantoa. Kummallisen näköinen otus. Paksu, muhkea pötkylä vempuilee eteenpäin, vaalea piikki takapäässä sojottaa napakasti ylös. Etupäässä komeilee kaksi tummaa "silmää". Iho näyttää suomuiselta kuin käärmeellä. Pötkylä ei vaikuta etanalta...

Kastelut jäävät sikseen. *Etana*-sivut on kaivettava esiin. Ei, pötkylä ei ole etana, eikä etenkään espanjansiruetana. Helpotus. Mutta mikä se on?

Sitten toukkien maailmaan ja perhossivut näytölle. Yökköset, kiitäjät, hiipijät, hämyköt... Näitähän on pilvin pimein, puutarhuri huokailee. Kastelutauko taitaa venyä. No nyt, tuossa on näköinen. Horsmakiitäjä, *Deilephila elpenor*, ja sen toukka. Puutarhassa harmiton. Hmm, ovatko toukat koskaan harmittomia? Nehän popsivat kaiken vähänkin vihreään vivahtavan.

Kannunkantelija-puutarhuri palaa tapahtumapaikalle. Toukka käpristelee ja vääntelehtii oudosti kannon kupeessa. Muutama muurahainen töykkii sitä tuntosarvet vimmatusti viuhuen ja yrittää saada toukasta otetta. Mutta sitten yhtäkkiä toukka ottaa spurtin avonurmikolle ja saavuttaa hetken kuluttua reunustan ja heinikköpöheikön. Muurahaiset eivät ehtineet kutsua rykmenttiä apuun. Hyvä, hyvä. Toukka on turvassa, puutarhuri hyrisee.

Puutarhurin kastelukierros on hoidettu ja pikkupihan kasvit ovat lopultakin saaneet vettä ja virvoitusta. Kastelija istuu tyytyväisenä terassin varjossa ja suunnittelee jo syksyn ja tulevan kevään istutuksia, kun silmäkulmassa vilahtaa jokin. Laulurastas ilmaantuu heinäniityn reunalle. Pienen pihan tuttu vieras hakee iltapalaa poikasilleen ja vähän omaankin nokkaan. Kastelijan rooli on vaihtunut katselijaksi eikä hän uskalla liikahtaakaan. Näytelmän puoliaika on ohi, ja esitys jatkuu.

Laulurastas hyppii, pysähtyy, pää kääntyilee. Hyppii, jähmettyy paikoilleen. Yhtäkkiä sillä on nokassaan muhkea iltapala. Katselija huolestuu. Niityn reunalla alkaa raivokas paiskonta ja ravistelu, joka muistuttaa melkein painiottelua. Laulurastas pistää menemään puolinelsoneita mennen tullen. Saalisparka kokee kovia, kun siitä irtoaa pätkiä.

Katselija pidättää hengitystään. Nyt ei parane puuttua peliin, luonto hoitaa homman. Rimpuiliko toukka (jos se on se sama toukka) turhaan muurahaisten kynsistä joutuakseen laulurastaan iltapalaksi? Surullista, katselija huomaa kuiskaavansa. Mutta laulurastaan perheessä iltapala on taattu.

Kun näytelmän esirippu on vihdoin laskeutunut, katselijan on pakko kurkistaa sen taakse. Totta se on, toukasta on jäljellä enää rippeet. Tunnistettava toukan takapään vaalea piikki erottuu jäljelle jääneestä palasesta. Tämä yksilö ei ehtinyt edes kotelovaiheeseen. Elämä värikkäänä horsmakiitäjänä jäi siltä kokematta. Draaman kaari on täyttynyt.

ONKIJAN ONNI

Koko kesä on hujahtanut onkireissun valmistelussa ja suunnittelussa. Onki olalle, syötit ja madot purkkiin ja menoksi. Saimaan eteläpään lahti ja kalliorannat tuossa aivan kivennakkaaman ulottuvilla. Ai, ai millaisia vonkaleita Saimaasta nouseekaan! Apajille pääsee koululaisten luontopolkua seuraten. Matkalla voi oppia luonnon jutuista lisää nappaamalla opastauluista qr-koodit talteen. Siis ottaa onkeensa.

Onkija näkee itsensä istumassa kallionnokan kainalossa auringon lämmittämällä, takapuoleen sopivaksi räätälöidyllä lituskakivellä. Ongenvapa käsissä hän tuijottaa siiman hentoa värinää, kun punahattuinen koho keinahtelee mielensä mukaan veden pinnalla. Sieltä se Saimaa katsoo onkijaa sileällä peilillä, tyynellä suvannolla. Mikäpä on onkijan ollessa. Täällä asiat ovat yksinkertaisia. Kaikella on tarkoituksensa.

Mutta mitä miettii tuhannet koukut kiertänyt vonkale pinnan alla? Lekuttelee eviänsä kaislikossa, kiven kainalossa. Arvaako onkijan jujun vai hotkaiseeko ahneuksissaan madon koukkuineen päivineen? Onkija hätkähtää, hätääntyy hieman. Vääntäytyy seisomaan mukavasta asennostaan ja varoo liikauttamasta ongenvapaa. Hän ei halua voimienmittelyä vonkaleen kanssa. Hän ei ole oikea kalamies, jonka puukonterä on lovettu, hakattu kiviin ja kantoihin.

Punahattu keikkuu levottomasti veden pinnalla ja näyttää liikkuvan hitaasti kohti kaislikkoa. Onkija hätääntyy entisestään ja riuhtaisee vavasta kaksin käsin. Siiman päässä kiiltelee väkäkoukku, mato on poissa! Onkija huokaisee helpotuksesta. Kaksintaistelua ei tarvitse käydä. Vonkale jatkakoon elämäänsä ja saaliinsa väijymistä Ahdin valtakunnassa.

Onkija kiipeää takaisin ylös kallionnokkaan onki olallaan ja astuu tutulle koululaisten luontopolulle. Opastaulut kertovat luonnon tarinaa. Pitsimäiset mustat neliöt, qr-koodit lupaavat lisäoppia ohikulkijoille. Onkija kulkee päättäväisin askelin mutkittelevaa polkua. Hänellä on mielessään tietty opastaulu vanhan naavahahtuvaisen metsän aukiolla. Siinä taulussa kulkijaa kehotetaan etsimään istumapaikka kannon tai kiven päältä, sammalikosta, kaatuneen puun rungolta ja pysymään hiljaa kaksi minuuttia. "Pysähdy, kuuntele, katsele". Kulkijan ei tarvitse zoomailla mustan pitsineliön neuvoja, sillä se puuttuu tästä taulusta.

Kolmen sanan neuvoa on helppo seurata. Onkija istahtaa rosokannolle. Hän nauttii korvia huumaavan hiljaisuuden läsnäolosta. Tarkalla korvalla voi kuulla, kun metsän huokaus rikkoo hiljaisuuden. Ihminen ja luonto ovat hetken sovussa. Onkijan mielikuvitusmatka on ollut täydellinen.

SIENESTÄJÄN APAJAT

Valkorunkokoivikon sammalikossa käy hermostunut supina. Kerttu Keltavahvero on aistivinaan syksyn kosteassa ilmassa jännitystä. Keltavahverot, tuttavallisemmin kantarellit, ovat putkahtaneet esiin metsänpohjasta mikä mistäkin puunjuuren kainalosta ja oikovat nyt tanakkaa kantarellikroppaansa priimakuntoon. Parin keskenkasvuisen suunnalta kuuluu marinaa. – Miks' me ollaan tämmöisiä palleroita? Olis' tosi coolia, jos mekin oltais' jo trumpetteja. Soiteltaisiin ja tööttäiltäisiin porukoille, että hei, tulkaas tänne, täällä on hyvät apajat. Tuut, töttöröö! toinen palleroista nurisee ja yrittää näyttää aikuiselta.

Kerttu ojentautuu täyteen mittaansa ja kääntää röpelöreunaisen trumpettilakkinsa nuorten kantarellien suuntaan. Kerttu on toisen rihmastosukupolven kantarelleja ja pitää siksi itseään arvovaltaisena tässä populaatiossa.

– Hoi! Pidetään hauskaa ja toivotetaan naperotkin tervetulleiksi joukkoomme! Laitetaan pystyyn arvausleikki tulevaisuudestamme. Ken joutuu pannulle, ken jäädytetään ikijäähän, ken kuivatetaan korpuksi? Vai odottaako jotakuta jopa heitteillejättö tai sienestäjän saappaan pohja? Leikki on joillekin teistä tuttu, mutta mitäs siitä. Joka tapauksessa meidän kantarellien kohtalona on tulla syödyiksi tavalla tai toisella. Sienestäjän askeleita ja veistä odotellessa voidaan ottaa ilo irti tästä päivästä. Jännitystä kehiin, Kerttu töräyttää trumpetistaan.

Kerttu on opittu tuntemaan kantarellien lyhyen maanpäällisen elämän aikana rempseänä ja hieman höperönä, mutta napakkana kantarellitätinä. Nuoret kantarellit innostuvat arvausleikistä, sillä niistä mikään ei ole tylsempää kuin paikallaanolo ja tekemättömyys. Ja odottaminen. Kerttu myhäilee ja nyökyttelee lakkiaan tyytyväisenä. Suunnitelma toimii.

Arvuuttelu on täydessä käynnissä, kun metsänpohja alkaa kahista ja tärähdellä. Oksat rasahtelevat. Yläilmoista kuuluu hiljaista hyräilyä ja viheltelyä. Kerttu Keltavahvero tietää, että kohtalon hetket ovat käsillä. Arvausleikki on loppuhuipennusta vailla. Kerttu heittää vielä viimeisen toiveen metsänhengille. – Viisautta sienestäjälle ja terävää veistä.

Kuin vastauksena Kertun toiveeseen lähikuusesta kuuluu tiltaltin vaimea syyslaulu: Til-tal, til-tal. – Viikatteen terää jo hiotaan. Hyvä merkki, Kerttu ajattelee.

Mustikanvarvut taipuvat, rahkasammal painuu pehmeästi saappaan alla. Sienestäjä on saapunut apajille. Onko veitsi mukana? Onko veitsen viilto terävä? Kuka arvaa.

TUOKIOITA TUULEN MATKASSA

Tänään
tuuli, tuo ilmojen kulkuri ujeltaa mennessään, viistää neitoperhosen ja ritarin siivet vasten maata. *Hakekaa suojaa mistä ehditte*, se viuhuu ja viheltää pyörteissään.

Huomenna
tuuli jo istuu rantakivellä, puntit käärittynä. Tyvenen viitta harteillaan se katselee, kuinka lokki nyppii puvustaan höyhenen kerrallaan. *Rakastaa, ei rakasta, rakastaa...* Vedenrajassa puoliso keikistelee.

Tyvenessä
unelias kulkurituuli lähes nukahtaa. Aallotkin näyttävät nukkuvan, veden pinta väreilee raukeana. Lokki lehahtaa ilmaan, syöksyy veteen ja nappaa kalan, nauraa ääneen – *se rakastaa sittenkin.*

Mutta
tuulella on levoton kulkurin mieli. Sitä ei kiinnosta kallion koloista versovat puut. Kulkurituulta kiehtoo saada aallot tanssimaan vaahtopäinä, ajamaan toisiaan takaa. *Ihan vaan leikkimielellä*, kulkijan tapaan.

Laila M. R. Hietamies

70-vuotias runoilija ja kuvantekijä, artesaani vuodelta 1997

Minulle sana- ja kuvataide ovat yhtä välttämättömiä kuin ilma, jota hengitän. Teksteissäni luonto on keskeinen teema, mutta kuvaan mielelläni myös ihmisiä ja heidän elinpiiriään. Huumori, jota on varsin paljon, on usein ironista ja sarkastista. Julkaisut: Tammikuun vihreät niityt (2014), Kaupan kupeessa viluiset varikset (2019, julkaistu nimimerkillä Sara Sand), Naapuri soittaa haravaa (2022) ja Jossakin käy vanha jääkaappi (2024), molemmat julkaistu nimellä Laila M.R. Hietamies. Olen ollut mukana Haukan antologioissa Miun Lappeenranta (2019) ja Sydänääniä (2021).

ODOTTAMISEN AUTUUDESTA

On juhannuksen aatonaaton aatto 60-luvulla. Odotetaan myymäläautoa. Keskioluesta ei vielä tietoakaan, mutta lähestulkoon kaikkea muuta päivittäistavaraa on kaupan. Naiset istuvat tänäänkin tienvieren kivillä, jotka katepillariksi sanottu maansiirtokone on kasannut pellolta. Pillari viipyi kylässä ja kuski yöpyi taloissa. Hän ihastui komeaan talontyttäreen Liisaan eikä mennyt kauan, kun jo hääkelloja soitettiin. Liisa on muuttanut miehensä kanssa kaupunkiin, mutta kyllähän kylässä naisia riitti ja lapsia.

Aino, kuusissakymmenissä oleva leskivaimo, kävelee hiukan ontuen loivaa mäkeä alas. Hän kurkistaa postiluukkuun ja ottaa sieltä Etelä-Saimaan ja Apu-lehden. Aino on pukeutunut ruskeankirjavaan leninkiin ja sitonut hiirenhännänohuen hiuslettinsä pieneksi nupuksi päälaelle. Kolme alle kymmenvuotista tyttöä on jo paikalla. He ovat piirtäneet ruudukon sivutiehen, hyppivät ja heittävät kittilää aikansa kuluksi.

– Jäätelöostoksillako tytöt ovat?

– Niin ollaan ja isä lupasi myös tikkarit, jos viemme sille Vihreää norttia ja äidille ison palan hiivaa.

– Sinullahan on reilu isä, sanoo Aino.

– Niinhä se taitaa olla. Se sanoo monta kertaa, että saan pitää täherahat, kun laittaa asialle.

Aino katsoo sepänpajan suuntaan. Aurinko tuikkaa ikävästi silmään. On puolenpäivän aika ja päivä kirkkaimmillaan. Pulska naisihminen lyllertää sivutietä nahkaisen, vaaleanruskean kauppakassin kanssa.

– No Vienohan se siinä!

– Vieno, kun Vieno.

– Juhannustahan tuo tekee! Loppuiko hiiva?

– Sekin, mutta pitäisi muutama pullo keltaista limonaatia juhannuksen kunniaksi, pullo jokaiselle, ei tässä enempiä riehaannuta. Juhannus on vain kerran vuodessa, mutta joulu on joka vuosi!

– Minä vähän ajattelin paistaa uunilenkkiä kiukaalla saunassa käydessä. Ja sinappi on ihan loppu. Aattoaamuna teen rieskaa, jotta on tuoretta pyhäksi.

– Niinhä minäkin, tuoretta on oltava. Mutta juhannussiivot on vielä tekemättä; minä sidon aatonaattona katajaluudan ja sillä ripsin katon ja seinät.

– Pölyille kyytiä! Sinulla on Elina, nuoret kerkiää tekemään vaikka mitä!

– Niinhä se on, navetassakin siitä on iso apu. Kun minulla on tuo sydänvika, niin pitää varoa. Mutta aattoiltana tytön on päästävä tansseihin, nuorella on nuoren mieli...

– Ja kieli! Jokohan se Mikko on kosinut? Saadaanko odotella jouluhäitä? Juhannukseksi ei enää ehdi.

– Tiedä heidän meinaamisistaan, sen näkee sitten, mutta kyllä se Mikko ihan tosissaan on. Kyllä sen huomaa. Pitää kuin kukkaa kämmenellä.

– Missähän se auto kuppaa? sanoo Aino.

– Niinpä, sen pitäisi olla tässä jo.

– Ennen joulua se oli tunnin myöhässä. Oli kylmä, pakkasta 20 astetta, nyt ei ole hätiä mitiä, kyllä tässä hyvin tarkenee!

– Tarkenee, tarkenee! Mutta kohta on päiväkahvin aika, kahvihammasta kolottaa.

– Tottahan se on, eikä tässä muutenkaan olisi aikaa olla jouten, keskellä kirkasta päivää. Jos olisin tämän tiennyt, olisin ottanut sukankutimen mukaan.

Pikkutytöt kikattelevat hyppiessään. Aurinko paahtaa. Lippalakkipäinen mies ajaa pyörällä mäkeä ylös rannasta päin. Hän on neljissäkymmenissä, yllään jo parempia aikoja nähnyt harmaa puku, housunlahkeissa pyykkipojat. Mutta kravattia hänellä ei ole. Molemmin puolin hiekkatietä kasvaa päivänkakkaroita, mäkitervakkoja ja harakankelloja sekä ahomansikoita, jotka punertavat hiukan. Miehen pyörä kiemurtelee. Naiset arvelevat, että Veikko on nauttinut juhannusviinoja etukäteen ja vilkaisevat tietävästi toisiaan. Joskus Veikon saattaa nähdä tienvieressä nukkumassa pois humalaansa, silloin on parasta jättää hänet omiin oloihinsa.

– Päiviä rouvashenkilöt! Oikein tekee hyvää silmille nähä noin pulskia naisihmisiä kuin tarjottimella. Sanokaa minun sanoneen. Ja noita rimppakinttuisia tytönheilakoita on mukava katella.

– Päivää, päivää Veikko, sanoo Vieno. – Mitenkäs tuo pyörä tuolla tavalla kiemurtaa? Et kai ole nauttinut mitään metelivettä näin ennen juhannusta? Jos niin on, saisit hävetä! Keskellä kirkasta päivää.

Veikko laskeutuu vaikeasti. Pyörä kaatuu rämähtäen, mutta mies kestää juuri ja juuri pystyssä. Hän nostaa lippalakkiaan, virnistää juopuneesti ja tekee kunniaa.

– Rouvat! Veikko Ilmari Miekkonen ilmoittautuu palvelukseen. Arvon rouvat ja neidit! Jos tuo Vieno ei olisi jo varattu, minä kyllä ottaisin sen akakseni myötä- ja vastoinkäymisineen...

– Etenkin niine vastoinkäymisineen! Niitä sinun kanssasi riittäisi! Onneksi minä olen jo tukevasti naimisissa, mutta tuo Aino-parka!

Silloin, kuin tilauksesta, myymäläauto kaartaa paikalle. Onneksi keskiolutta ei saa vielä, Veki tunkisi varmasti autoon ja voisi kimpaantua, kun hänelle ei sitä vahvan humalatilan takia myytäisi. Naiset ja tytöt nousevat autoon. Kuljettaja tervehtii tutusti ja vaaleaksi värjätty tummaverikkö väläyttää asiakkaille Pepsodenthymyn.

Hilkka Hännikäinen

*myöhäiskeski-ikäinen lappeenran-
talainen ihminen*

Maailma on avautunut, monimut-
kaistunut ja tullut alati muuttuvaksi.
Kirjoittaminen antaa mahdollisuu-
den keskustella itsensä kanssa ja
pohdiskella vaihtoehtoja. Kun nä-
kee ajatuksensa sanoina paperilla,
on helpompaa valita tasapainoinen
oma tie. Iän myötä elämä pelkistyy
ja minä olen enempi minä.

OTA TULI – ÄLÄ SAVUA

Osuuskaupan kalenterin mukaan on Ahvon nimipäivä, huhtikuun
seitsemäs. Viimeisin kevätpäiväntasauksen jälkeinen tosi täysi
täysikuu oli eilen. On siis pitkäperjantai ja illalla suuri näytelmä
Via Crucis. Juhlistaakohan Eija Ahvo nimipäiväänsä?

Kalenterin kuukausikuva on Lammassaaresta. Koirat istuvat
nuotiopenkillä värikkäissä takeissa talutushihnat irrotettuina. Kat-
sovat kai emäntää tai isäntää kameran takana. Kauempana seisova
pienehkö ihminen kuuluu varmaankin perheeseen. Katsooko tule-
vaisuuteen vai onko vain nykyisten tapojen mukaisesti kääntänyt
selkänsä? Kuva on rauhallisen pysähtynyt ja odottava.

Tänään kuulen kuvassa Hectorin sanat "missä isä, äiti oli kun
lapsi yöllä heräs märkään pimeään". Onnellisten ihmisten Suo-
mella on kansakuntana kaikki ne eväät, joilla voisi rakentaa On-
nellisten Maan. Mutta emme niitä eväitä osaa syödä ja jalostaa.
Pelottelun sijasta pitäisi rakentaa toivoa, että "antaisimme kaiken,
auttaisimme ystävää". Vaikka eihän niillä ristille tapetuillakaan
mitään toivoa ollut. Geneettinen muisti taitaa olla pidempi kuin

neljänteen sukupolveen joissain uskonnoissa. Ja minun laulutai-donparantamisprojektini loistaa yllä olevissa lainauksissa.

Katson kuvaa uudelleen. Näen ystäväni ja itseni kulkemassa kesäisellä Lammassaaren polulla jutellen ja nuotiolla kahvitellen. Olen iloinen, että osasin tuoda hänen elämäänsä kevennystä ennen hänen pikaista kuolemaansa. Olen iloinen myös siitä, että hän kuoli luonteensa mukaisesti saappaat jalassa. Juuri tuossa nuotios-sako hän poltti surullisia kirjoituksiaan? Hänellä on nyt hyvä elämä.

Nuotion puista nousee höyryävää savua ja tuli on aika heikko. Puut ovat märkiä. On otettava sitä, mitä on kannettu. Harvalla on omaa takkaa ja puuliiteriä. Savu häviää suorien mäntyjen kaar-naan. Näitä puita, minun voimapuitani, meidän on hoidettava yhtä hyvin kuin penkillä istuvia koiria, jotta taustalla seisova lapsi voi kevein mielin juosta tulevaisuuteen.

Taulujoogan lailla kalenterikuvan joogaaminen on rentoutta-van vahvaa. Ei tarvitse ajatella mitään, voi vaan katsoa ajatuksi-aan. Seuraavaksi taidan joogata sanan lammas. Se on minulle pal-jon suurempi sana kuin nuotio.

SIIVENISKU KANTAA KAUNEUTTA

Aukisiipinen sääksi seinällä odottaa kuulijoita. Se on kaunis, mut-ta ei kiltin näköinen.

"Linnut ovat hyviä kuvattavia, koska ne ovat aina täydellisessä asennossa", aloittaa munkkifilosofi Serafim Seppälä kauneudesta puhumisensa. "Kuvalla voi pehmentää vaikeita asioita. Kauneu-den avulla esitetty asia on kokonaisvaltainen tapa katsoa maail-maa."

Puhetta kuunnellessani tulee mieleen veneily Linnasaaren Luonto-live -sääksen pesälle. Uskollinen pari. Lintu-uros, joka tuuraa naarasta hautomisessa. Jää kotipesään kuukaudeksi poikas-ten kanssa, kun emo jo lähtee kohti Afrikkaa. Myrskyisenä yönä lähes puuttomalla luodolla pienen puun latvassa sääksien elämä ei ole kaunista, vaan hengenvaarallista. Silti ne palaavat keväästä toiseen. Elävät puissa, ilmassa ja vedessä ja välittävät meille kauneutta kameran kautta. Tervapääskyt ovat minun kesäisiä sankareitani. Ne pitävät huimia lentonäytöksiä. Syöksyvät epäröimättä täydellä vauhdilla näkymättömistä rakosista vintin koloihin pesimään. Nekään eivät ole maalintuja. Vasta pesimäiässä ne ensimmäisen kerran laskeutuvat alas. Mistä pieni, kaunis ja nopea lintu saa voimansa? Lintulauluja on iloon ja suruun. Usein niihin liittyy kaipaus, syksy tai kevät. Onko se ihmisen jatkuvaa levottomuutta ja lähtöä? Ehkä kuitenkin Serafimin kauneuden filosofiaa, jota linnutkin toteuttavat. "Kauneus on voimaa nostaa ajatusta jatkuvasta unestaan. Sanojen pinnan alla on syvempi kauneus."

Minun kaunein lintuni on Varpunen jouluaamuna.

OLIPA KERRAN SOTILASPASSI

Ikkuna sälähti hajalle. Joku kiemurtelee sisälle, toinen perässä. Olisikohan naapurin Veikko? Ihan tuntemattomia ukkoja, pelottavia. Isä on kai pellolla, huudan apua. En sittenkään, jos ne sieppaa minut. Parempi mennä peiton alle kurkkimaan, etteivät huomaa minua ollenkaan. Aukovat lipaston laatikoita ja heittelevät tavaroita lattialle. Onneksi sängyn laidat ovat tiheäpinnaiset, että eivät osu minuun. Yskittää, itkettää, pissattaa. Pinnistele piilossa, pinnistele. Nyt pistää toinen ukko jotain taskuunsa, paperia vissiin. Onkohan sillä kakkahätä?

Kuistilta kuuluu kolinaa, isä on kuullut ikkunan sälähdyksen. Isä varo, roistoja. Isä loikkaa pirtistä kammariin yhtä vauhtia, niin että saappaat paukkuu. Kädessä lähes tyhjä huituhinkki, jonka lämäyttää ukon päähän. Kuulostaa ihan ukkosen jyrähdykseltä. Ukko ryntää ikkunalle lasinpalasia väistelemättä ja isä perässä. Toinen ukko repii isää hinskeleistä ja molemmat kömmähtävät lattialle kiemuroivaksi kasaksi. Mottaa sitä isä. Onhan sinulla tukinajossa kasvanu paksut kädet, mottaa. Ja kannoithan niitä isoja pyssyjä viisi vuotta siellä kaukana vihaisessa maassa. Rämpytän pinnoja, kun en muuta osaa. Vaatteet ritisee rikki ja toinenkin ukko sukeltaa ikkunasta ulos. Eivät vissiin uskaltaneet oven kautta lisäjoukkojen pelossa. Isä ottaa minut sängystä. Huohotamme hikisinä molemmat. Hörppäämme vettä ja istumme hiljaa. Läheltä piti. Isä alkaa setviä, mitä etsivät, mitä veivät. Sotilaspassin veivät, ei muuta. Eihän täällä enempää rosvottavaa olekaan, paitsi jos minut veisi. Käpykaartilaisia, sanoo isä. En tiennytkään, että ukotkin leikkivät käpylehmillä.

Tämän tallensi soluihinsa kolme kuukautta vanha lapsi kesällä 1952.

VIERELLÄ VAAHTERAPUUN

Jonne kiristää köyttä. Vinssi niksuttaa joka painalluksella ja vaahtera kumartuu voiman alla niksaus niksaukselta. Runko luovuttaa ja tarjoaa sälähtäen kylkeään sahattavaksi. Viidenkymmenen vuoden väri-ilotteluni on nyt täynnä, hymähtää vaahtera kevyesti. Punaiset, keltaiset, oranssit, terrat, ruskeat, pois lakaistut ja jälleen vihreät sormeni ovat kuuluneet Jonnen perheelle koko elämäni ajan. Niitä on katseltu, haisteltu, kahisteltu ja syksyisin hetken kirottu. Kunnes silppuri on imaissut maatumattoman kasan sisuksiinsa ja palastellut menneen kauneuteni puutarhan hyödynnettäväksi ruuaksi. Jonne ja Maikki minut tähän aikoinaan istuttivat antamaan loppukesän väriä. Merkiksi siitä, että vuoden luontainen kierto jatkuu oman elämän ja maailman värähtelyistä huolimatta. Mustankin päivän takana on väri.

Jonne on ylpeä, että on epäröimättä vastaanottanut lastensa ja lastenlastensa näkemykset luonnon vahvuudesta. Vahvempi kuin ihminen, joka luulee omistavansa maapallon. Tämä kaikki on annettu meille vain lainaksi. "Aikoinaan tuskailin pitkin kesää vaahteran uusien koko nurmikon tuhoavien vesojen kanssa", miettii Jonne. "Lapset opettivat, että vesojen jatkumisen tehtävä on sama kuin ihmiselläkin. Niinpä lopetin nurmikon nylkemisen. Lapsen-lapset ovat onnessaan, kun saavat ruopia pyörillään ja kaivaa kuoppia uusia puita varten."

Vaahtera tarjoaa kylkensä epäröimättä sahan hampaisiin. Olemme Jonnen ja Maikin kanssa yhdessä olleet vuosikymmen-ten ajan osasena luonnon arvostuksen säilyttämistä käytännön työllä. Se on maapallon selviytymisen välttämättömyys. Vaahtera antautuu turvallisin mielin katkottavaksi. Käyttäähän Jonne sähkösahaa, jonka energia tulee auringosta. Ja vaahtera on varma, että tätä puutarhaa ei lannoiteta eikä pakoteta trendaavaan muot-tiin.

YÖN ODOTTAJA

Seison parvekkeella. Lyhdystä sataa kultaa. On liian valoisaa aja-tusten katselemiseen. Vai olenko katsellut vanhat jo loppuun ja uudet eivät tarvitse yötä. Minä rakastan yön hetkiä, pimeitä, valoi-sia ja erityisesti syksyn myrskyistä vinkunaa. On selkeä ja turval-linen olo. Nyt vanhana kirjoitan enemmän kuin luen. Olen enemmän minä ja huononäköisempi.

Suomi sai eilen 13. presidentin. Pää on vähän väsynyt jatkuvas-ta politiikan seurannasta. Tänä yönä etsin lehden uutissivuilta vain iloista luettavaa.

Heti ensimmäinen otsikko napsahtaa syvälle. "Koulutus ei edistänyt miesten lastensaantia." Tutkimustulos yllätti. "Silloin nuorena miehenä ei tullut edes mieleen, että lapset tehdään kirja kädessä. Ja että siihen koulutetaan! Osattiin ihan itse. Entäs nyt?" Ei ollutkaan iloinen uutinen.

Kuuntelen samalla yöradiota radiosta. Vellu Salminen on suo-sikkini. Vellulla on hyvä ääni. Luin joskus, että Vellu harrastaa vanhojen kirkkojen kuvaamista. Ääni syvenee hiljaisessa kirkos-sa.

Seuraavakin otsikko on tuttu minulle, entiselle nuorelle mie-helle. "Kun korkit pysyvät kiinni pulloissa, niitä todennäköisesti

23

löytyy entistä vähemmän luonnosta". Tämä on varmaankin tohtorin väitöskirja. Ties vaikka olisi Italiasta ja tuttu meidän tulevalle presidentille. EU:n muovidirektiivin vaikutusarvion perusteluksi se on tehty. Ihan lonkalta ja ilmaiseksi olisin osannut sanoa, että vain pullosta irrotettu korkki voi päätyä luontoon. Tosin muovikorkeista kokemukseni on vähäinen. Tutkimuksen kustannuksilla olisi voitu siivota luontoa monta hehtaaria. Toisaalta, ilman tätä tutkimusta moni olisi saattanut jäädä ilman tutkintoa.

Yö on jo kääntynyt huomiseksi. On laskiainen. Somettomana valmistaudun iltapäiväkahvietiketin osaamiseen seuraavalla uutisella. "Kuuluisiko laskiaispulla syödä käsin vai haarukan avulla? Helsingin Sanomat selvitti, miten laskiaispulla jakaa kansaa." Hyvä kun selvitti. Presidentinvaalien loppuhalaukset ennakoivat yhtenäistä kansaa, joka tekee muuta kuin etsii mitättömiä, negatiivisia uutisia. Jos pulla kuitenkin jakaisi meitä, asia olisi helppo korjata. Julistetaan uusi laskiaispullamääräys. Pullan pitää olla munkkirinkelin näköinen. Sen sisään ei voi laittaa mitään, ei ainakaan mitään käsin helposti syötävää. Ainakin kun asiaa täältä käsin näin yöllä ajattelee.

Maailman asiat on nyt valvottu järjestykseen. Katulamppu leijuttaa yhä kultaa. Keitän pullattomat kahvit ja ojentaudun keveästi kuorsaavan vaimon kylkeen. Melkein kuin Vellu jutustelisi. Huomenna on taas uusi yö.

Päivi H. Kokkonen

Olen runojen kirjoittaja Lappeenrannasta. Liityin Kirjoittajayhdistys Palttaan vuonna 2022. Esikoiskirjan *Runopoluilla* (2023) myötä toteutui pitkään mielessä ollut ajatukseni kuvailla sanoin tapahtumia ja tunnelmia, joista ei ole valokuvia. *Savusta se alkoi: Kirjan tarina* (2024) on myös runokirja, mutta samalla kuin työsuunnitelma runojen rakentamisesta ja kasaamisesta julkaistavaksi kokoelmaksi. Tilaisuuden tullen kerron harrastuskirjoittamisen hauskuudesta.

VALAISTUT KIVET

Pysäköin auton sammaloituneen kiviaidan viereen. Olin aina ohittanut kirkkomaan, mutta nyt harmaiden pilvien alla etsin lapsuuden leikkikaveria, hautakiveen kirjoitettua. Luen ohjeen uudelleen: portin puolella.

Käytävät ovat paikoin kuraiset, lunta on pieninä laikkuina siellä täällä. Kevättuulen karistamat oksat lojuvat maassa. Etsin kahdelta vierekkäiseltä hautausmaalta, huomaan kulkevani jo samoilla käytävillä. Hautaa en löydä. Päätän lähteä.

Edessä on paksu oksa kuin kiinni oleva portti. Käännyn ympäri ja kierrän kirkonpuoleista kulmaa. Samaan aikaan aurinko valaisee kapean kaistaleen hautoja. Eräässä kivessä loistaa kultainen teksti. Hautaa lähestyessäni tunnistan nimen.

Löysin, oikeastaan minun annettiin löytää leposi viimeinen sija. Henkäys menneestä on vahva ja kantava. Jatkan matkaani muurin suojasta.

HÄRKÄLINNUT

kiljunta kiiri kauas
lahdelle syntyi saari

kelluvaan pesään
puoliso uitti ulpukan

OMENOISTA, OMENOISTA

kuulaat uimassa
sadon jalostus alkamassa

tuotos
hilloa, mehua, piiras
syyspuuro ja pappilan hätävara

keväällä omenakilo
kukkakimppuna maljakossa

SYYSKUUSSA

järvissä metallin helke
laineilla särkynyt kuu

valo putoaa oksien lomitse
palavat värit ovat poissa

Riitta Komi

Olen Lappeenrannassa asuva paltta-
lainen jo vuodesta 2002. Syntynyt
olen Imatralla 1949, mutta asunut
useilla paikkakunnilla niin Suomes-
sa kuin Brittein saarellakin. Työura-
ni tein laboratoriohoitajana Savitai-
paleella. Vuosien varrella olen kir-
joittanut moniin antologioihin sekä
julkaissut kirjan *Viimeinen taistelu
kunniasta* v. 2021. Kirjoitan, koska
elän ja päinvastoin. Kesäisin nautiskelen Kivijärven Selkäsaaren
ajattomasta hiljaisuudesta linnut, luonto ja laineet seuranani. Sekä
usein myös molemmat lapseni perheineen.

HUOLETON AIKA

Ullan äidillä oli kaunein nimi minkä koskaan olin kuullut. Inga-
Lill Maria Matilda Ala-Karhu. Tykkäsin Inga-tädistä ja Osmo-
sedästä, enkä kaivannut vähääkään mammaa ja pappaa, jotka
jäivät Valkeakoskelle, kun muutimme Halliin. Uskoin, etteivät
hekään kaivanneet minua, isää ja Ristoa kylläkin. Me äidin kanssa
olimme samassa sarjassa. Onneksi oli äiti, ajattelin.

Ullasta tuli heti paras ystäväni ja vierailimme heillä usein. Sain
myös toisinaan jäädä yöksi ja silloin emme millään olisi maltta-
neet käydä nukkumaan. Kikattelimme peiton alla ja lauloimme
hassuja, itse sepittämiämme lauluja. Eniten tykkäsin laulusta:
"Hallin Jannen raurikko ravaa Kuoreveren jäätä". Olin korviani
myöten ihastunut Tapio Rautavaaraan. Olimme molemmat. Tari-
nan traagisuutta emme tietenkään silloin ymmärtäneet.

Noiden neljän vuoden aikana, jotka Hallissa asuimme, ehdin
kiintyä mäntymetsiin, Kuoreveden saariin, Valkkisen tädin maa-
laiskartanoon ja myös kotiimme. Me asuimme ison T- kirjaimen

muotoisen rakennuksen, yhteiskoulun, toisessa päässä rehtorin asunnossa ja käytävän toisella puolella asui mukava vahtimestari Korhonen, joka piti silmällä myös meitä lapsia. Opin murteen, sillä olin otollisessa iässä. Menin Kuoreveden Taipaleen piirin kansakoulun toiselle luokalle, veljeni Risto neljännelle.

Seuraavana talvena osallistuin Ullan kanssa 30 kilometrin kansanhiihtoon. Se oli rankka urakka meille molemmille, mutta olimme mielestämme harjoitelleet riittävästi. Jokainen talvinen viikonloppu meni suksilla tai sitten luistimilla. Kesäisin taas vanhempamme nauroivat, että meille kasvaa pian kidukset. Saimme siis luvan lähteä tuolle pitkälle laturetkelle, olihan mukana myös Risto ja paljon muitakin lapsia.

Puolimatkan levähdyspaikalla huoltojoukot jakoivat kuumaa mehua, sämpylöitä ja makkaroita. He tarjosivat myös autokyydin niille, jotka eivät jaksaneet enää jatkaa. Katsoimme Ullan kanssa toisiamme. Me tietenkin jatkaisimme. Muistin kyllä ja ennen kaikkea tunsin, että äidin neulomat pörröiset villasukkani lojuivat huoneeni lattialla. Pakkanen oli kiristynyt aamun lukemista reippaasti.

Kaksi tuntia myöhemmin äidin lämmittäessä kirkuvan punaisia varpaitani pesuvadissa sain samalla kuunnella paleltumien kauaskantoisista seurauksista motkotuksen kera. Mutta lämmittipä sentään upea kunniakirja huoneeni seinällä.

Noita kunniakirjoja saimme vielä kaksi myös seuraavina talvina ja silloin olin varautunut jo paremmin.

Neljäntenä kesänä, kuukausi suvivirren jälkeen, istuin harmaan Mossen etupenkillä ja itkin. Iso muuttoauto ajoi perässämme. Puristin sylissäni pakettia, jonka Inga-täti oli minulle lohdutukseksi antanut. Se sisälsi herkkuani, Marsanin siivutettua jahtimakkaraa sekä pikku eläinhahmot, koiranpennun ja lehmän. Halliin jäi Tepsu-koiramme hauta, jolle olin istuttanut oransseja kehäkukkia sekä Valkkisen kartanon nimikkolehmäni Iloke, jota olin oppinut lypsämään Lempi- karjakon opastamana. Kulkisinpa elämässäni minne tahansa, kantaisin noita esineitä sekä Ullan antamia kiiltokuvia aina mukanani.

Pysähdyimme, kun aloin voida pahoin. Siihen muu perhe oli jo tottunut aikaisemmilla matkoilla. Tämä oli niistä matkoista kipein. Jätin taakseni huolettoman lapsuuteni. Elämääni on tullut lukematon määrä uusia muuttoja, mutta ei yhtään niin kipeää. Esineet ja kunniakirjat ovat kadonneet, mutta Hallin muistoissani ne paleltuneet varpaatkin lämmittävät.

OODI SAMOVAARILLE

Juhla-aterian jälkeen korjaan äitini maalaamat posliiniastiat verannan pöydältä ja asettelen juustot oliivipuiselle tarjottimelle, viinirypäleet ja hedelmälohkot kulhoihin. Viipurilaiset kristallilasit kimaltelevat ilta-auringon valossa. Kattaus on kenties ylimitoitettu vaatimattomaan mökkiini, mutta sopi juhlan arvokkuuteen. Pöydällä seisoo kunniapaikalla kolhiintunut samovaari vierellään hehkuvan punaiset hortensiat sekä Lomonosovin sinivalkoinen teekannu.

Vietämme samovaarin Suomeen tulon 100-vuotisjuhlaa.

Ystäväni Anne nousee pitämään juhlapuheen. Se on tietenkin juhlakalun äidinkielellä, kuinkas muuten. Uraa Samovar! Puheen jälkeen nostamme Oodi vapaudelle -maljat.

On minun vuoroni. Lausun kirjoittamani runon.

Samovaarille

Kansojen tiellä lyhyt on sata vuotta,
matkaan et silloin lähtenyt suotta.
Taaksesi jätit kotiseutusi Vuoleen
ja pakenit maahan, itsenäiseen Suomeen.

Kolhuitta et sinä selvinnyt siellä,
lommosi syntyivät evakkotiellä.
Salosta Ensoon sinä Kannasta kuljit,
muistojen kirjaan monet rakkaasi suljit.

31

Sukupolvi jo viides kanssasi varttuu,
elon kirjaan iloa, surua karttuu.
Sillä jokainen meistä vuorollaan
astuu portista, yksi kerrallaan.

Nyt laineilla soittelee tuuli niin lauha,
jos vihdoin ois koittanut kansojen rauha.
Lepopaikkasi viimein on tämä saari,
maljan nostamme sulle, oi samovaari!

Saunan jälkeen poltamme kynttilöitä tummuvassa illassa ja napostelemme aamulla keittämiäni rapuja tillin, paahtoleivän ja vodkasnapsien kera. Elokuun lämpö jatkuu aamutunneille saakka.

Kaksi viikkoa aikaisemmin puhdistin samovaarin tyttäreni Sallan kanssa, mutta sen kyljen lommoja emme yrittäneet oikoa. Matkalla sattuu kaikenlaista, joka jättää jälkensä niin ihmisiin kuin esineisiinkin. Jotain jää matkan varrellekin. Pohdimme, minne se on mahtanut kadottaa toisen mustista puunupeistaan. Vain metalliosa on jäljellä. Kenties ylittäessään rajajokea kolmen kuukauden ikäisen äitini Liisan, 5- vuotiaan Aunen sekä heidän vanhempiensa kanssa elokuussa 1919. Kukaan heistä ei koskaan palannut takaisin.

Jotkut esineet löytävät uuden kodin, toiset eksyvät matkalla ja jotkut myös särkyvät. Kuten ihmisetkin. Myös esineet kantavat mukanaan tarinoita, joissa säilyy läsnäolon ja pyhyyden tuntu. Kunnes viimeinen tarinan tunteva poistuu.

Tämä saari on täynnä läheisteni tarinoita, heidän käsiensä kosketusta. Vaikka he ovat poissa, tarinat elävät täällä vahvemmin kuin missään muualla. Isäni nikkaroimat kalusteet, maalaus syntymäkodistani ja puinen tukkakoskelo takan valkoista muuria vasten, äitini ornamentein koristellut astiastot ja kutomat räsymatot lattialla, veljeni serigrafiatyöt itäisellä hirsiseinällä ja kivimonumentti länsirannalla, ystäväni kirjoittama sieniresepti mökkikirjan välissä, esikoispoikamme haparoiva piirustus saman kirjan lehdillä.

Myös sininen lampetti kantaa mukanaan pääsiäismessun suitsutuksen tuoksun Pyhän Sofian kirkosta.

Samovaarin juhla oli vähällä jäädä pitämättä, jollen olisi lueskellut eräänä sadepäivänä vanhoja mökkikirjoja. Niitä on meneillään jo neljäs. Kaksi ensimmäistä ovat äitini sidontakursseilla sitomia nahkakantisia ja suurikokoisia opuksia, kaksi seuraavaa taas omia löytöjäni kuvituksenaan Martta Wendelinin kauniit kesäaiheet sekä viimeiset 20 vuotta tyttäremme taiteilemat vuosiluvut. Kansien väliin on tallennettu koko saaren historiikki, ensimmäisten vuosien uurastus, juhlahetket kuin myös surunkin ajat. Sekä monien vierailijoiden tervehdykset, kuten seuraava merkintä heinäkuulta 2005:

"Keskiyön ideariihessä päätettiin järjestää samovaarin satavuotisjuhlat kesällä 2019 Selkäsaaren Eremitaasissa. Pöydässä on ainakin samppanjaa, tsaikkaa ja vodkaa. Ruokana joko blinejä tai tattaripuuroa - kumpaa sattuu tulemaan. Astiasto on Lomonosov."

Tuosta merkinnästä oli kulunut jo 14 vuotta. Sinä aikana moni oli poistunut, neljä oli tullut lisää. Luontokaan ei ole entisensä. Paksujen pihamäntyjen kaarna oli paksuuntunut, pihlajan runko pidentynyt, riippakoivun oksisto tuuheutunut...

Kaatotuomiokin oli langennut vanhoille lehtikuusille sekä rannan ikääntyville lepille.

Myös mökissä oli paljon muuttunut, mutta paljon myös ennallaan.

Kuten tuo kolhiintunut samovaari.

PALUUMUUTTAJAT

Toivotan ne jälleen tervetulleiksi. Meillä on lähes sama aikataulu. Ne palaavat huhtikuussa, minä hieman myöhemmin, kun järvi on vapautunut. Paluu on itselleni kuudeskymmenes. Olen toinen sukupolvi saaren asukaskierrossa - nyt se on lisääntynyt neljännen

33

polven neljällä vipeltäjällä. Nämä toiset paluumuuttajat taas lisääntyvät joka kesä, milloin onnistuen, milloin ei. Saareni linnut. Jo ennen kuin itse ehdin asettua, on lokkimme Joonatan vallannut vakituisen paikkansa Lokkikivellä. Kiven rannan puoleinen tasanne on oivallinen pesäpaikka, jota suojaa korkea seinämä selältä vyöryvältä myrskyltä. Nykyisin kahlaamme kiven ohi saunasta uimaan. Vuosia sitten siinä toimi 15-metrinen laituri, mutta jokakeväisten jäämassojen voima teki lopulta tehtävänsä.

Parhaan reviirin valtaus ei ole ihan rauhanomaisten neuvottelujen tulosta, mutta kun me valtaamme omamme, on lintujen jako jo suoritettu ja onnekkaimmat touhuavat pesäpuuhissa. Tosin eivät ihan rauhassa, sillä eri lajien ja ryhmien väliset rähinät jatkuvat pitkin kesää ja oman jännityksensä siihen tuo myös munia rosvoava minkki. En osaa olla puolueeton. Jokainenhan puolustaa omiaan lajista ja rodusta riippumatta.

Joonatan kuuluu meidän joukkoomme yli lajirajojenkin. Se sai nimensä Richard Bachin samannimisestä kirjasta, joka minulla on pienessä mökkikirjastossani. Kirja kertoo erilaisesta lokista, jollainen tämä meidänkin lokkimme on.

Kesäkuun alussa tutustumme myös Joonatanin kumppaniin, jolle lapset antavat nimen Julia. Se istuu enimmäkseen pesällä, mutta jos Joonatan tulee kerjuulle ja hellymme, kiirehtii Juliakin apajille. Ne ovat lähes identtiset, mutta huomaamme kuitenkin pienen eron. Joonatanin pää on pyöreämpi, siis pallopää, Julialla taas hieman terävämpi – kuten naisilla yleensä.

Kaksi viikkoa myöhemmin lokkipariskuntamme tuo ainoan poikasensa mökin edustalle, kivilaiturin kupeeseen turvaan. Perhe on selvinnyt varisten ja muiden lokkien hyökkäysyrityksistä, joissa Joonatan on osoittanut urheutensa. Nyt se todistaa myös terävän huomiokykynsä, kun on päättänyt luottaa meihin. Pesälle ei enää voinut jäädä, ei myöskään veteen uiskentelemaan, sillä vaara vaanii myös veden alla. Poikanen lymyilee rannan pusikoissa, kunnes lopulta vanhempien rohkaisemana uskaltautuu kivilaiturille. Siihen eivät hauet ja kuikat yritä. Kävelen hitaasti kivilaiturin vierelle uimaan. Joonatan seuraa tilannetta valppaana ja kot-

kottaa rauhoittavasti poikaselle, mutta ei komenna sitä pakosalle. Luottamus on saavutettu. Joonatan on myös ymmärtänyt mitä me odotamme siltä. Tämä on yhdessä jaettu reviiri, jossa ei kakita niskaan, eikä syöksyillä kohti minunkaan poikasiani. Pitkin kesää opimme puolin ja toisin. Emme enää heittele katiskoita kokiessamme sille pikkukaloja veneestä, koska se on saanut saaren toisen pään lokkiyhdyskunnan ärsyyntymään. Rähinä on melkoinen ja siihen yhtyvät myös varikset ja korpit. Tuomme suosiolla saaliin ensin mökin edustalle, johon toiset linnut eivät uskaltaudu. Sen tietää myös Joonatan ja yllättäen saamme huomata toimivamme lapsenkaitsijoina sillä aikaa, kun lokkivanhemmat lentelevät kuin taivaan linnut kirjaimellisesti. Toki muistamme, miten joskus itsekin kaipasimme ylimääräisiä käsiä lastenhoitoon. Tälle ei sentään tarvitse vaippaa vaihdella.

Tutkin neljän ihmispoikasen kanssa lintukirjaa ja teemme lajimäärityksiä. Joonatan perheineen kuuluu kalalokkien heimoon, joita on saarellani eniten. Ne ovat ajoittain kovaäänisiä viestinnässään ja kailottavat kuulumisiaan nokka kohti taivasta. Seuraava kooltaan on mustasiipinen selkälokki ja suurin taas harmaalokki nokassaan punainen täplä. Se on selvästi kookkaampi, pitkäkaulainen ja ylvään rauhallinen. Eikä kuulu rähinäremmiin. Nyt se kaitsee kolmea poikasta ja on siirtynyt pesueineen lähemmäksi mökkiä. On ilmeisesti ymmärtänyt reviirimme säännöt.

Tämä saari on myös tukkakoskeloiden suosiossa. Jokaisen rakennuksen alla on pesä tai kaksi. Ne munivat usein toistakymmentä munaa, jotka houkuttelevat minkkiä, mikäli se yhä saarella asustaa. Lisäksi on vielä upeat kuikat. Ne eivät tule tepastelemaan maalle tai kivilaiturille, mutta pesivät aivan rannan tuntumassa. Itärannan pariskunta uittaa jo yhtä pientä untuvikkoa. Koska sekin olisi mieluinen ateria järven Näkille, emo kuljettaa sitä turvassa selässään. Ja onhan vielä kookkaat ja pelottomat kanadanhanhet, jotka lepäilevät joskus öisin kivilaiturilla jättäen jälkeensä melkoiset kasat jätöksiä.

Vietän viikon kaupungissa ja kun palaan, istuu Lokkikivellä "matti myöhänen" hautomassa. Se on uusi tulokas - pieni, mutta

35

pippurinen. Sen saan tuntea, kun yritän kahlata saunasta uimaan. Musta, terävä nokka melkein iskeytyy päälakeeni ja tajuan joutuvani häätöhommiin. Omat poikaseni ovat tulossa huomenna. Tiirapariskunta puolustaa raivokkaasti reviiriään ja myöhemmin luen, että sen reviiri on linnun kokoon nähden suureellisen laaja. Teen toimintasuunnitelman ja varustaudun hiilihanko, ämpäri ja kauha aseinani vastahyökkäykseen. Matkan pesälle tekevät hankalaksi pohjan liukkaat kivet ja syvenevä, lopulta lähes olkapäihini ylettyvä vesi. Punainen kauha, jota pidän pääni päällä, saa monta nokaniskua ja olkapääni valkoiset kakkavanat, ennen kuin olen kiven vierellä. Hiilihangolla yritän vetää pesää lähemmäksi nähdäkseni, onko se vielä tyhjä. Koko ajan ympärilläni kopsahtelee, litisee, loiskuu ja kiljuu vimmatusti kokonainen tiirayhdyskunta, vaikka niitä oikeasti on vain kaksi. Saattaisi yksinäinen kanoottimeloja jopa säikähtää alastonta, kauhapäistä mummoa, joka kirkuu rähinän keskellä hiilihankoa ja ämpäriä huitoen. Lopulta kolme pientä munaa rikkoutuu tässä taistelussa ja valuu järveen. Onneksi ne eivät olleet vielä kuoriutuneet. Puolustelen mielessäni, että kyllä minunkin reviirilleni saa tulla, mutta ei rähinöimään. Ahdistelua en siedä.

Heinäkuun lopulla Joonatanin poikanen on varttunut lähes vanhempiensa kokoiseksi ja oppinut lentämään. Nyt ne kalastelevat yhdessä ja piipahtavat silloin tällöin mökin edustalla tervehtimässä meitäkin. Tai vain minua, sillä usein olen yksikseni. Eräänä sellaisena hellepäivänä, kun taas istuskelen mökin verannalla ovi levällään, tepastelee Joonatan paikalle, hypähtää verannalle ja kurkistaa sisälle. Taitaa olla ihmeissään, kun minun poikaseni ovat lentäneet jo pesästä. Voi Joonatan, sanon sille, minun poikaseni ovat lentäneet pesästä jo ajat sitten, mutta ne pienemmät eivät vielä pitkään aikaan. Ja tänne ne palaavat kaikki joka kesä - ehkäpä sinäkin.

LOPPIAISEEN AIKAA YKSI PÄIVÄ

Pakkaslumi peittelee vanhan kaupan rappuset
Pienellä Kirkkokadulla.
Seinää vasten törröttävä lautapino
odottaa remonttimiehiä.
Ikkunoissa keltaiset verhot.
Loppiaiseen aikaa yksi päivä.

Syksyllä hän maalasi
Pro Finlandian
ja kirjoitti vanhalla kirjoituskoneellaan
runoja vapaudesta.

Ateljeen ovea hän ei enää avaa.
Punaiset pisarat valuvat hangelle
kuin salaisuus.
Ehtivät jäätyä aamuun mennessä.
Loppiaiseen aikaa yksi päivä.

MINÄ MUISTAN

Minä muistan Big Benin lyönnit ja
Thamesin tummuvat rannat.
Minä muistan Piccadillyn sykkeen ja
Barley wimen polttavan hehkun.
Minä muistan Hyde Parkin tammet ja
lintujen lumotut nuotit.
Minä muistan Ullswaterin vuoret ja
laaksojen nukkuvat linnat.
Minä muistan Keswickin nummet ja
villan kostean tuoksun.
Minä muistan taipuvan ruohon ja
nauhurin vaimean soiton.
Minä muistan lyhtyjen valot ja
yön pehmeät varjot.
Minä muistan hetken,
kun aurinko nousi.

Lea Lignell

lappeenrantalainen eläkkeellä oleva lastenohjaaja

Olen mukana Haukassa, koska kirjoittaminen on yksinäistä puuhaa. Yhdessä voimme jakaa ajatuksiamme ja kannustaa toisiamme. Julkaisut: Aamunkoitosta auringonlaskuun (runokirja, Mediapinta 2009), Yön tummat varjot (runokirja, Mediapinta 2019), Historian murusia (runoa ja proosaa, Mediapinta 2020). Lisäksi yksittäisiä runoja eri antologioissa 1980-luvulta lähtien.

SEIKKAILU SAIRAALASSA

Hän oli aina ollut yökukkuja, eikä siitä kotona ollut mitään haittaa. Hän saattoi neuloa, tehdä ristikoita tai pelkästään kävellä. Mutta eihän sellainen käynyt täällä. Huoneessa toiset olisivat häiriintyneet ja käytävällä hoitaja hoputtaisi sänkyyn ja parhaassa tapauksessa tyrkyttäisi unilääkkeitä. Niitä hän ei halunnut, sillä hän nukkui kun nukutti ja valvoi kun valvotti. Täällä hän oli oppinut hengittelemään syvään silloin, kun yöhoitaja kävi ja niin hänen luultiin nukkuvan. Nyt hän kuitenkin halusi kävelemään.

Hän kurkisti varovasti huoneen ovelta ja kun ketään ei näkynyt, pujahti nopeasti käytävään ja sieltä seurusteluhuoneeseen. Päivällä siellä oli joskus porukkaa katsomassa telkkaria, mutta nyt hän oli yksin. Pimeästä huoneesta näki hyvin valaistuun käytävään. Hän huomasi, kuinka ykköshuoneen oven yläpuolelle syttyi kutsuvalo. Pian sinne riensi valkopukuinen sairaanhoitaja ja hetken perästä myös keltapukuinen apuhoitaja.

Hänen katseensa osui hissin oveen ja hän päätti lähteä hissiajelulle. Lapset luulivat, ettei hän osaa hissiä käyttää, kun hän aina mieluiten käveli. Mutta kyllä hän tietenkin osasi. Hissi totteli helposti hänen käskyään ja ovet aukenivat. Hän painoi alinta nappulaa ja hissi hurahti pohjakerroksiin. Autio käytävä haisi kellarilta ja siellä kaikui kummallisesti. Kun hän käveli, hänestä tuntui kuin joku olisi seurannut häntä. Ei siellä tietenkään ketään ollut, mutta silti hän halusi palata takaisin. Äkkiä hän tajusi, mikä käytävä tämä oli: tänne ei kukaan tulisi vapaaehtoisesti eikä kävellen. Tänne kärrättiin ihminen jalat edellä eikä täältä palattu koskaan takaisin. Hänestä alkoi tuntua kammottavalta. Entä jos hissi ei avautuisi ulkoapäin. Hän jäisi tänne vainajien kanssa, tulisi kylmä, eikä kukaan tulisi, ennen kuin jotakin ihmistä tuotaisiin tänne.

Vaikka hänellä oli kylmä, hän oli aivan hikinen siinä vaiheessa, kun tuli takaisin hissin luo. Hissin ovi avautui onneksi aivan helposti. Tämä seikkailuretki sai kyllä hänen puolestaan riittää. Hän huristeli takaisin kerroksiin ja sieltä suoraan huoneeseensa. Lapset väittivät, että hänen muistinsa oli huono, mutta ne olivat kyllä aivan väärässä. Tietysti hän joskus unohteli asioita, mutta hänellä oli niihin omat konstinsa. Nytkin hän oli piirustanut huoneensa numeron kämmeneen ja siellä se numero neljä oli tallessa. Vaikka tietenkin hän olisi muistanut sen muutenkin.

Huoneessa hän hämmästyi ja suorastaan pahastui. Joku oli sillä aikaa valloittanut hänen sänkynsä ja oli tuonut vielä kaikenlaisia tavaroita mukanaan. Sängyn vieressä oli pari isoa pulloa ja yksi pullo roikkui siinä yläpuolella. Mutta hän oli nyt todella väsynyt ja siksi hän kellahti siihen nukkujan viereen. Kuului merkillistä suhinaa ja hajukin oli kummallinen. Kaiken sen lääkkeiden ja muiden aineiden läpi hän tunsi, että se oli miehen haju. Mutta nyt hän ei jaksanut välittää siitäkään, vaan päätti nukkua, vaikka ahdasta olikin.

Hän oli jo melkein unessa, kun huone äkkiä täyttyi valolla. Joku huusi ovelta, että täällä se karkulainen on. Aivan oikein hän siis oli päätellyt, että se mies oli karkureissulla. Kyllä häntä vähän säälitti se reppana. On sen täytynyt olla raskas reissu, kun oli noin paljon tavaraa mukana. Hoitaja otti hänet mukaansa keittiöön ja tarjosi hänelle teetä. Toisella hoitajalla oli kiire puhelimeen. Kun hän lopulta pääsi takaisin omaan sänkyynsä, hän huomasi, että pöytäkin oli siivottu kaikesta ylimääräisestä tavarasta. Uneen vaipuessa hän ajatteli sitä ystävällistä hoitajaa, joka käveli hänen kanssaan. Hän oli ollut mielissään, kun hoitaja luotti häneen niin paljon, että oli kertonut ihan yksityiskohtaisesti, kuinka paljon vaivaa tuollainen karkulainen aiheutti. Koko sairaalassa oli kuulema tehty hälytys ja joka osastolla oli jouduttu tekemään ylimääräisiä yökierroksia. Sitä hän kuitenkin ihmetteli, miksi heidän piti vielä käydä hissiajelulla, ennen kuin hän pääsi takaisin huoneeseensa.

AMARYLLIS

Olipa kerran pieni nuppu, joka ei uskonut koskaan avautuvansa oikeaksi kukaksi. Toisetkaan eivät olleet vakuuttuneita, niin vaatimattomalta se näytti. Mutta hän, joka oli sen kasvattanut, hän tiesi, että se avautuisi kyllä, kun sen aika on.

Eräänä päivänä tuo kukan ympärillä ollut suojapanssari alkoi raottua ja pieni nuppu kurkisteli varovaisesti maailmaa. Vaikkei se vielä oikein ymmärtänyt, se alkoi heti tuottaa ihmisille iloa. Kukka ei ollut vielä edes kokonaan auki, kun vieressä alkoi avautua toinen nuppu ja pian kolmas ja neljäskin. Kokonainen mahtava kukinto loisti ja hehkui ihmisten ilona.

Tuo loistava kukka ei hämmästynyt enää ihmisten ihailevista huudahduksista. Sehän oli itsestään selvää, että sitä ihailtiin. Mutta eräänä päivänä se hämmästyi ja suorastaan säikähti. Kukista ensimmäinen ei enää hehkunut samalla tavalla kuin ennen. Vääjäämättä se alkoi kuihtua ja silloin kukka tuli tuskallisen tietoiseksi siitä, ettei se ollut ikuinen. Kun terälehdet alkoivat tippua, se ymmärsi, että niin kävisi lopulta koko kukinnolle.

Juuri silloin, kun se ajatteli, ettei sillä ollut enää mitään tarkoitusta, se tuli katsoneeksi sivulleen. Sen kukinnon suojassa oli

41

kasvanut toinen arka kukkavarsi, joka nyt kurotteli kovin korkealle. Kukan omistajat olivat hyvin huolestuneita. He miettivät sitä, että kun noin korkeassa varressa oleva kukinto lopulta avautuisi, se kaatuisi kokonaan eikä selviytyisi, ellei sille löytyisi sopivaa tukea. Niinpä kukkansa menettänyt vanha kukkavarsi sai viimeisenä tehtävänään tukea nuorta kukintoa sen elämän alkutaipaleella.

JÄLJET LUMESSA

Jokainen hetki
jättää jälkeemme muistoja
kuin askelia lumessa
ne pysyvät siinä niin kauan
kuin on joku
joka haluaa niissä taivaltaa

YLISTYS SYKSYLLE

Kiitän sinua syksy siitä
että päästit kesän lepäämään
ja suoritat loppuun kesän aloittaman työn

Lahjoitat meille
sienen tuoksuiset metsät
omenaiset puutarhat
ja loiskuvat lätäköt

tuot mukanasi kirpeät kirkkaat aamut
ja joskus
niin sakean sumun
että on pakko pysähtyä

Ylistän sinua myös siitä
että osaat luopua kauniisti

luopuessasi pukeudut parhaimpiisi
ja värikkään juhlapukusi suojassa
valmistelet jo uutta kevättä

Kaikkesi antaneena
täysin paljaana pysähdyt
ja talvi heittää peiton yllesi

SUKUPOLVIEN SIUNAUS

Siunaus kantaa kauas
yli sukupolvien
ja tavoittaa sieltä
sen pienimmän
vielä syntymättömän

Liisa Lousa

Kerään kirjaimia, rakennan sanoja, teen niistä kuvia, runoja. Toivon, että voin koskettaa kuvillani lukijaa. Runojani löytyy Paltan julkaisuista Joulurunot (2018), Miun Lappeenranta (2019) ja Sydänääniä (2021). WSOY on ostanut minulta yhden runon ja Lahden Runomaraton ry:n julkaisu Rakastan Rakastat Rakastaa (1998) sisältää yhden runoistani.

JUHLA

Yksinäisyyden suuressa salissa minä juhlin.
Katan pöydän itselleni -
Kuuntelen - kuulen.
Avatusta ikkunasta huominen pyrkii sisälle -
Hiljainen valo on kaunis.
Juhlin yksinäisyyden suuressa salissa.

USVAA KAISLIKOSSA

Aamun usvaa kaislikossa,
rantakoivujen kevyt henkäys kuin kuiskaten: Tule...
Sinä seisot rappusilla, heilutat kättäsi...
Ei - ei tarvitse sanoa mitään.
Vain aamun usva kaislikossa liikahtaa.

HETKESSÄ

Viltin alla vierekkäin
kuvina mennyt - tämä hetki - tuleva.
Suutele minua - tässä - nyt
elämän makuinen annos elämää.
Rakas.

IKÄVÄ

Ne varhaiset keväät Berliinissä,
mustarastaiden laulu puutarhassa.
Kukat tiiviinä kimppuna maljakossa - kuin me.
Illalla suru muuttaa taloon.
Kukat kuihtuvat maljakkoon.
Puhelin ei enää koskaan soi.
Ikävä.

KUVA

Vanha nainen parvekkeella. Elämä painostavana harmaana ohimoilla -
Virttynyt kotimekko - nappi puuttuu.
Kuivia petunian kukkia suonikkaissa käsissään - niidenkin aika on mennyt.
Hän korjaa koppuraisilla sormillaan karannutta hiussuortuvaa - kukkanen jää ohimolle.
Vanha nainen parvekkeella, kuivia petunian kukkia suonikkaissa käsissään - yksi hiuksissaan.

HUOKAUKSIA

Talvi - minä olen hyytynyt ajatus hangella.
Syksy - kuin kaikki menisi perintään.

Pirjo Mellanen

Olen kirjoittava eläkeläismummo Joutsenosta. Satavuotiaassa hirsitalossa asuu lisäkseni aviomies sekä talvisin vintissä vilistelevät hiiret. Kirjojen lukeminen on mieleeni, mutta vasta kirjoittaessani tunnen eläväni. Julkaisut: Kohtalokas Albania (2012 Texthouse), Kohtalokas purjehdus (2012 Texthouse), Matkustin Albaniaan (2013 Reuna Kustantamo, kirja on ilmestynyt myös e- ja äänikirjana), Hemskäriin, verkot on laskettava (2014 Reuna Oy), Samaa sukua (2016 Reuna Oy), Mirësevini! Kymmenes vuosi toisessa kotimaassa (2019 Reuna Oy), Tämä elämä (2021 omakustanne Booksfactory), Pelkääjän penkillä (2023 Mediapinta Oy), Albanialainen ystävä (2024 Lector Oy).

ELÄMÄNI HIRMUISIN KOETTELEMUS

Hän leikkii tuossa pihalla kukkamekossaan, paljain varpain. Tuon punaiset muovilelut autotallista ja lisään vettä hänen pieneen kuvioliseen leikkiämpäriinsä. Sitten lähden kukkiani kastelemaan.

– Mummi, syömään!

Lasken kastelukannun kädestäni ja menen hänen luokseen. Hän on valmistanut oivan puuron pihahiekasta, koristellut ruohonvarsin ja voikukin. Tietysti maistan, syön, maiskuttelen ja kiitän maukkaasta ruoasta.

On helteisen lämmintä, vaikka on vasta toukokuu. Tytön otsatukka melkein peittää hänen siniset silmänsä. Sitä pitäisi lyhentää, mutta hän ei salli sitä. Mietin, johtuuko se siitä, että Saksassa hiukset lähtivät isoina tuppoina, leijailivat valkeina perhosina

53

sohvalle ja pienen huoneiston lattialle. En ollut siellä, mutta näin ne valokuvasta, jonka hänen vanhempansa lähettivät. Silloin odotimme joulua, emme tienneet, emme osanneet aavistaa. Kun pieni jalka harhaili, pyörähti ja lapsi kaatuili oudosti tuvan permannolla, sanoin, että olisi otettava yhteyttä lääkäriin. Muutaman päivän päästä olimme jo Helsingissä, Uudessa lastensairaalassa. Tytön vanhemmat ja me isovanhemmat seisoimme siinä avuttomina kuin orvot lapset, kun leikkaava kirurgi työryhmänsä kera selvitti, mitä hän aikoo tehdä.

Uskalsin kysyä, että miten iso? Kirurgi pyysi hoitajia tuomaan näytön, kuin television, josta hän kauhuksemme osoitti tulitikkuaskin kokoista, pahalaatuista syöpää kaksivuotiaan pienessä takaraivossa. Sairaalan tehokkuudessa vaaleanpunaista leikkauspaitaa puettiin jo tytön ylle. Maailmamme muuttui, romahti!

Se leikkaus! Kirurgi, jonka mielsimme lähes jumalaiseksi olennoksi, totesi, että kaikki oli saatu pois. Huokaisimme kiitollisina helpotuksesta. Tuli kuntoutusta, tuli myrkkykuuri, tuli katetri, joka lävisti pienen rinnan. Sitä myöten ihmeliuos kulki lapsen vartaloon. Tuli kantasolujen vaihto, hirvittävän raskas hoitojakso. Kun lapsi pääsi välillä kotiin, ei hän saanut olla kontaktissa muiden lasten kanssa. Oli varjeltava ja suojauduttava viruksilta ja taudeilta. Saatiin elämää vahvistavia pistoksia. Tuli lukemattomia verikokeita. Menin toisinaan sairaalaan öiksi, kun vanhemmat eivät väsymykseltään jaksaneet. Tuli pahaa oloa, syömättömyyttä, tuli Noro-virus, tuli vihreää ripulia, katetri irtosi, se piti leikata pois ja asentaa taas uudelleen. Lukemattomien valvottujen öiden ja sytostaattien jälkeen tuli kauhuksemme jälleen uutta kasvua. Ja lääkäriryhmä kokosi viisaat päänsä yhteen, he miettivät, mitä olisi tehtävä.

Lehdet kirjoittivat, kuvasivat tyttöä. Reportterit soittelivat. Ihmiset keräsivät hoitoihin rahaa. Vanhemmat uupuivat. Tämä oli heille hirveän raskasta aikaa. Sitä se oli meillekin. Oli taas tulossa joulukin, kukin mietti mielessään, selviäisikö lapsi seuraavaan jouluun.

Saksasta löytyi hoito. Pienelle ei Suomessa voinut antaa säde-hoitoa, mutta siellä oli sairaala, jolla oli se ihmesäde. Tyttö lähti, lensi vanhempiensa kanssa etelään, Saksaan kuin syksyinen muut-tolintu. Siellä tyttöä varten muovailtiin muotti, jossa säde annet-tiin, ja vanhemmat viipyivät siellä, vieraassa maassa, vieraassa kulttuurissa ja vieraassa kaupungissa monta viikkoa. Viitenä päivänä viikossa tyttö nukutettiin tuota ihmesädettä varten. Jokai-nen säde laukaistiin vain muutaman sekunnin ajaksi ja juuri oike-aan kohtaan.

Säde auttoi! Sen millin sadasosan tarkkuus tehosi! Hiukset kas-voivat! Tyttö pääsi muiden lasten pariin. Tyttö pääsi kerhoon. Tyttö pääsi uimaan. Tytön onnellisuus leikkikavereista sai kyyne-leet silmiini.

On luettu paljon rukouksia. On odotettu tarkistuksia. On otettu uusia magneettikuvia. On tavattu toimintaterapeutti, silmälääkäri, hammaslääkäri, neurologi ja fysioterapeutti, ja kaikki on nyt hy-vin.

Tyttö on aurinkoinen, reipas ja auttavainen. Koska on niin hel-teistä, menemme taas uimaan. Tyttö nauttii vesileikeistä ja raken-namme hiekkalinnaa. Kun en rannalla tahdo kivuliaan jalkani vuoksi päästä ylös hiekasta, hän ottaa kädestäni ja auttaa. Tyttö katsoo totisin lapsenkasvoin minua ja sanoo, että isona hänestä tu-lee lääkäri!

Sirpa Tuula Marjatta Minkkinen

Olen kirjoittanut tähän antologiaan Einarin, joka kertoo ihmisistä Helsingin Pukinmäessä. Lapsuuteni hiljainen osa Helsingistä elää elämäänsä. Nyt pystyn kirjoittamaan muistoistani paremmin, kun työkiireeni kääntäjänä ovat jääneet vähemmälle. Tekstejä vilistää ulos päästäni joinakin päivinä liikaakin. Linnut ja oravat puhuttelevat minua välillä enemmän kuin ihmiset. Uskon lintujen ajatusmaailmaan. Yleensä lintujen asiat ovat harmittomia, mutta joskus niiden kautta tulee isoa tuskaa. Hyvä, että maailmassa meitä eläviä olentoja on paljon. Paljon on hyvä. Kirjoituksiani on myös antologioissa Miun Lappeenranta (2019) ja Uhmaa ja unelmia (2023).

CALVADOS-EINARI

Olen Einari Pukinmäestä ja vakaa aikomukseni on tislata Calvadosia Pukinmäessä. Asun täällä Pukinmäessä puutalossa ja muutin pihalle omenapuun alle verkkokeinuun vappuna. Nyt omenoita putoaa päälleni joka yö ja keskeyttää Calvadosgallona-uneni. Vieressäni, betonisen kaivon kannella on vanha pyykkisaavi, johon kerään vihreitä omenoita. Niitä ei ole vielä tarpeeksi. Yhteen omenakonjakkisatsiin tarvitaan ainakin täysi saavillinen omenoita. Tämänhetkisen ymmärrykseni mukaan omenoiden kuuluu käydä ennen tislausta. En ole varma asiasta. Onko käymisessä käytettävä viinihiivaa vai tavallista hiivaa, vai sokeria? Kemistituttavia minulla ei ole ainakaan naapureissa. Karhusuontiellä asuu tosin yksi venäläisrouva, joka osaa tehdä mustaviinimarjalikööriä, mutta häneltä kysyminen on vaikeata. Rouva kyllä puhuu paljon, mutta minä Einari en saa puheesta selvää. Hän puhuu kyllä suomea, mutta hitaan ymmärrykseni vuoksi en saa puheesta tolkkua. Hän tarjoaa sitä viinimarjalikööriä minulle aina näin syksyllä. Se on hyvää. Viinimarjat hän on ostanut minulta. Pihallani on paljon marjapensaita.

Tämän kotipihani saunarakennuksessa, verstaalla toisessa kerroksessa, odottavat laatikoissaan konjakin tislausvälineet. Posti toi ne tälle tontille viime kuussa. En osaa niitä käyttää, mutta ehkä joku valmis teoria jostain kirjallisesta lähteestä auttaa minua ratkaisemaan pulmani. Huolissani en ole. On parempi surra asiaa silloin, kun se on esillä. Huomisen huolet ovat huomisen huolia. Ainoa huolenaiheeni ovat mahdolliset toiminnastani leviävät hajut naapurien tonteille ja heidän taloihinsa.

Omenapuuni vieressä on vanha puutalo, jossa asuu 96-vuotias Elsa-äitini. Käyn tyhjentämässä hänen laskiämpärinsä aamuisin tunkiolle saunan taakse. Äiti tekee ruokansa itse ja iltapäivällä hän on päiväunilla keinutuolissa kamarissa ja kuuntelee iskelmäradiota. Iskelmien sanoja hän kirjoittaa myös ylös ja jakaa sanoja pitsikuvioisissa korteissa naapurin yhdeksänvuotiaalle pikkutytölle. Korttien pitsireunukset hän liimaa itse paikoilleen. Pikkutyttökin tekisi samanlaisia kortteja, jos hänellä olisi pitsiä ja jos joku opettaisi häntä. Kukaan aikuinen ei nyt varmaan tällaista hömpän tekoa opeta. Tyttö on varma asiasta ja ei edes pyydä apua. Aikuisilla on liian kiire omissa töissään.

Viime torstaina tapahtui niin, että Elsa kuoli keinutuoliinsa päiväunillaan. Tiedän sen siitä, koska laskiämpäri ei ollut niin täysi, kuin sen olisi pitänyt olla perjantaina aamulla. Ehdin kyllä kurkistamaan kamarin ovesta. Elsa on kuollut. Toivottavasti oli kaunis ja iskevä se viimeinen iskelmä, jonka hän radiosta kuuli.

En ehdi nyt äitiäni hautaamaan, kun ovat nämä Calvados-kiireet. Saakoon äiti pidemmät unet keinutuolissaan. Seitsemän päivää kuluu ja minä yritän ratkoa omenakonjakkiongelmaa. Pyykkisaavin puukansi ei ole tarpeeksi tiivis estämään sadeveden valumista saaviin. Sadevesi ja käymisprosessissa olevat omenat eivät sovi samaan paljuun. Pitääkö nyt kaikki heittää pois ja alkaa omenien kerääminen taas alusta. Päätän käyttää tätä seosta sadevesineen. Tislausvälineiden purku laatikoistaan näyttää olevan melko mahdotonta. Vaihtoehto on tietenkin siirtää koko projekti ensi vuoteen. Marraskuuhun asti voin nukkua omenapuun alla ja talveksi voin lähteä nukkumaan Pitäjänmäelle enoni pihamökkiin. Se kyllä ei ole ihan varma paikka asua, koska hänen mustalaisvaimonsa saattaa ajaa minut ja enon tiehensä sieltä mökistä. Tämäkin murhe on onneksi vielä kaukana. Enoni seura minulle kelpaa, koska hän mielellään maistelee kaikenlaisia konjakkeja vakuutusasiamiehen työn lomassa. Lisäksi hän laulaa ja on luonteeltaan iloinen.

Nyt aurinko paistaa täällä ja pihalleni kipittää silakkapaketti kainalossaan kuuro Salmiska. Hänellä on huivi päässä. Kuulevampi korva on kävellessä edessä ja huivi on pois sen paremman korvan päältä. Ei se kyllä valitettavasti mitään auta. Salmiska puhuu ja on kuulevinaan vastauksiani. En sano paljon mitään, mutta olen ystävällisen näköinen. Silakat kyllä kelpaavat minulle. Salmiskan tytär on käynyt Malmilla kalakaupassa. Tänään syödään silakoita meillä ja naapurissa.

Calvadosia joudun odottamaan vielä ainakin vuoden. Jos ei siitä silloinkaan tule mitään, niin sitten kaksi vuotta.

Päivi Mutikainen

70 ikävuotta ylittänyt eläkeläinen, äiti ja mummi

Kirjoittamisen kipinän sain aikanaan silloisen Lauritsalan yhteiskoulun äidinkielen lehtorilta, ja tekstien tuottaminen on siitä pitäen ollut elämässäni mukana. Välillä olen ollut pitkiäkin aikoja kirjoittamatta ja aloittanut sitten taas uudelleen. Minulle kirjoittaminen on harrastus, joka pitää aivot sopivasti liikkeessä dementiaa ehkäisten, kuten lukeminen ja ristikoiden ratkominen, joita myös harrastan. Tekstejäni on ilmestynyt neljässä antologiassa.

KULKURI

Läpäistyäni ylioppilaskirjoitukset nipin napin ja suoritettuani varusmiespalvelun en keksinyt, mitä ryhtyä tekemään. Niinpä matkustin Saksaan oppiakseni kieltä kunnolla. Suhteiden avulla saatu työpaikka konttorissa osoittautui kuolettavan tylsäksi ja jo muutaman viikon kuluttua otin opputilin, ostin repun ja lähdin vaeltamaan pitkin Saksan maaseutua. Elatukseni hankin tekemällä pääasiassa rengin töitä. Yksi talvi kului kapakassa olutta myyden ja tuoppeja tiskaten. Kahdessa vuodessa sain kuitenkin mittani täyteen kulkueita, Heil Hitler -huutoja, hakaristilippuja ja Juden verboten -kylttejä. Halusin pois. Puola oli lähellä, sinne oli helppo livahtaa. Maalaiset Puolassa olivat köyhiä, ei heillä ollut varaa palvelusväkeen. Tein töitä ruokapalkalla, öitä nukuin tallien ylisillä. Kun sitten erään kyläpahasen laitamilla törmäsin sirkukseen, kiinnostuin ja tulin uteliaaksi. Puikkelehdin vankkureiden välissä ja koetin puhutella vastaantulijoita, mutta kukaan ei puhunut saksaa. Olin jo pois lähdössä, kun teltan takaa ilmestyi kääpiö.

– Mitä haluat? Etsitkö jotakuta?

Ilahduin, joku sentään ymmärsi minua. Selitin kääpiölle etsiväni töitä. Esiintyä en osannut, mutta muuten tekisin mitä hyvänsä. Kääpiö johdatti minut sirkustirehtöörin puheille ja toimi tulkkina. Tirehtööri empi, mutta kuultuaan, että olin kotoisin Suomesta, hän

innostui muistelemaan, kuinka oli nuoruudessaan käynyt koti-
maassani ja ihaillut sen kauneutta. Muistojensa innoittamana hän
päätyi palkkaamaan minut. Saisin yöpyä kääpiön kanssa samassa
vankkurissa. Kävellessämme vankkurille kysyin kääpiöltä, missä
hän oli oppinut niin hyvin saksaa.

– Minähän olen saksalainen.

– Miksi sitten olet täällä?

– Jos kerran tulet Saksasta ja hiukankin katselit ympärillesi, ta-
juat kyllä, ettei siellä minunkaltaiselleni ole nykyisyyttä eikä tule-
vaisuutta.

En kysellyt enempää, tajusin, ettei kääpiö halunnut puhua
asiasta.

Sirkus oli pieni ja vaatimaton. Sen ohjelma kelpasi kuitenkin
hyvin pikkukylien asukkaille ja katsojia riitti teltan täydeltä me-
nimmepä minne hyvänsä. Iltaisin näytöksen päätyttyä sirkuksen
väellä oli tapana kokoontua yhteen. Istuksimme vankkureiden
portailla, söimme leipää ja makkaraa ja naukkailimme votkaa kä-
destä käteen kiertävästä pullosta. Joskus taikurin kanssa esiintyvä
nainen lauloi ja klovni säesti häntä kitaralla. Vaikka kesän aikana
olin oppinut hiukan puolaa, en ymmärtänyt läheskään kaikkea,
mitä puhuttiin. Tunsin kuitenkin kuuluvani joukkoon, minun oli
hyvä olla enkä kaivannut mihinkään. Jos vain oli mahdollista, ha-
keuduin istumaan nuorallatanssijan viereen. Aistin hänen hiuksis-
taan hennon yritin tuoksun ja kuin vahingossa hipaisin hänen pal-
jasta käsivarttaan. Jonakin iltana, kun olin juonut enemmän kuin
minulle oli hyväksi, yritin vankkurin varjossa vetää hänet syliini,
mutta hän työnsi minut naurahtaen loitommalle ja toivotti hyvää
yötä.

Elettiin jo elokuuta, kun tulimme taas uuteen paikkaan. Koirien
kanssa esiintyvä tyttö, joka muuten oli hyvin hiljainen, vilkutteli
innoissaan tienvarteen tulleille katsojille ja huuteli heille.

– Hänellä on täällä sukulaisia, selitti kääpiö minulle.

Illalla, kun näytös oli ohitse, lähti koiratyttö sukulaistensa luo.
Hän sanoi palaavansa vasta seuraavana päivänä ennen näytöksen

alkua. Hänen mentyään tajusin, että nuorallatanssija olisi yön yksin vankkurissa.

Iltayön valvoin ja odotin, että sirkusleiri hiljenisi ja kääpiö nukahtaisi syvään uneen. Kun ei kuulunut enää mitään muuta kuin satunnainen koiran haukahdus, lähdin varovasti hiipimään kohti nuorallatanssijan vankkuria. Olin jo koputtamaisillani oveen, kun kuulin sisältä ääniä. Tunnistin voimamiehen toiseksi puhujaksi. Tappion karvaus mieltäni korventaen luikin pois yhtä hiljaa kuin olin tullutkin.

Torkuin loppuyön levotonta unta vähän väliä hereille säpsähdellen. Kun kukot kylässä alkoivat kiekua, nousin ja menin tirehtöörin juttusille. Sain selitetyksi hänelle, että halusin lähteä. Hän vastusteli ensin, mutta maksoi sitten vähät saatavani. Heitin repun selkääni ja ketään hyvästelemättä kävelin pitkin pölyävää maantietä pois sirkuksesta ja kylästä.

Koska en halunnut jäädä Puolaan enkä palata Saksaan, päätin ottaa suunnaksi Suomen. Isoäiti oli vanhentunut, rypyt hänen kasvoillaan olivat uurtuneet syvemmiksi. Hän otti minut vastaan sen enempiä moittimatta ja majoitti minut. Minulla ei ollut mitään selkeää päämäärää. Ajelehdin päivästä toiseen, mietin menneitä ja näin unta nuorallatanssijasta.

Syyskuun ensimmäisenä päivänä Saksa hyökkäsi Puolaan. Sotauutisia lukiessani hätäännyin ja huolestuin sirkuslaisten puolesta. Olin lähtenyt tieheni lähes paeten enkä tiennyt mitään heidän suunnitelmistaan. Missä päin Puolaa he mahtoivat olla vai oliko seurue jäänyt sodan jalkoihin ja hajaantunut? Mitä oli tapahtunut nuorallatanssijalle ja sotiko voimamies parhaillaan saksalaisia vastaan? Minulla ei ollut mitään keinoa saada heistä tietoa enkä voinut auttaa heitä mitenkään. Sodan kauheuksien rinnalla kaikki aiemmat mietteeni ja murheeni kutistuivat mitättömiksi ja lapsellisiksi.

Kolmen kuukauden kuluttua alkoi sota Suomessa. Koko Eurooppa suistui vuosia kestävään hulluuteen ja sekasortoon, joka autioitti kyliä, raunioitti kaupunkeja ja tappoi miljoonia ihmisiä ja jonka päätyttyä yksikään meistä, jotka jäimme eloon, ei ollut enää entisellään.

LUMINEN TALVI

Varvara lapioi lunta. Se kävi hitaasti, hän ei ollut enää nuori. Suomenlahdelta puhaltava tuuli ravisteli puiden oksia ja pudotteli lisää lapioitavaa pihapolulle. Kinokset polun molemmin puolin kohosivat korkeina.

Tämä oli jo toinen talvi vieraassa maassa, missä kieli särähti korvaan ja tavat olivat outoja. Silloin, kun rähinöinti Pietarin kaduilla oli alkanut olla jokapäiväistä, kauppoja ryösteltiin ja sekasorto yltyi, ruhtinas halusi toimittaa vaimonsa turvaan huvilalle. Ruhtinatar vastusteli, mutta lopulta ruhtinas lähes pakotti hänet lähtemään. Oli selvää, että Varvara seurasi mukana. Eihän ruhtinatar, koko ikänsä palveltavana ollut, millään olisi selviytynyt yksin.

Oli syksy, kun ruhtinatar ja Varvara saapuivat huvilalle. Puissa keltaiset lehdet, hiekkaranta autio, huvila kylmä ja pimeä. Varvara sytytti öljylampun, rakensi tulen lieteen ja keitti teetä. Ruhtinatar istui ja tuijotti pimeään.

Vaikka huvilalla oli vietetty kesiä, oli kaikki nyt toisin. Huvila oli hatara, naiset asustivat keittiössä, muita huoneita ei lämmitetty. Varvara huolehti jokapäiväisistä askareista. Ruhtinatar suri, ikävöi ja odotti viestiä mieheltään. Iltaisin hän luki Raamattua ja rukoili, kumarsi hartaasti ikonin edessä ristinmerkkejä tehden. Lohtuna oli sentään oma tuttu kirkko, jonne naiset vaelsivat joka sunnuntai.

Muitakin pakolaisia tuli Pietarista. He toivat uutisia, jotka eivät koskaan olleet hyviä. Ruhtinaasta ei kuulunut mitään, hän oli hukkunut punaiseen hämärään. Alituiseen tuiskuava lumi peitti alleen kaikki toiveet.

Varvara huokasi. Lumityö oli raskasta. Hänen puhtaaksi lapioimansa polku oli kapea, mutta se saisi kelvata. Sisällä odottivat jo uudet toimet. Ruoaksi hän laittaisi paistettuja perunoita ja etikkaan säilöttyjä tatteja. Poissa olivat kaviaari ja samppanja, poissa runsauttaan notkuvat zakuska-pöydät, poissa palatsien loisto ja iltapuvut. Juhlat olivat päättyneet, jäljellä oli vain kaksi vanhenevaa naista rapistuvassa huvilassa lumen keskellä.

Varvara lakaisi vielä portaat. Pilven raosta pilkahti auringonsäde. Talven selkä oli jo sentään taittunut, kohta aurinko alkaisi sulatella lumipenkkoja ja kevät herättäisi nukkuvan luonnon. Aina toukokuussa huvilan taakse rinteelle ilmestyivät valkovuokot. Varvara päätti kerätä niistä ison kimpun. Sen hän laittaisi maljakkoon ja maljakon alle kauneimman pitsiliinan minkä huvilalta löytäisi. Kukat nähdessään ruhtinatar oikaisisi ryhtinsä niin kuin hienostokoulussa aikanaan oli opetettu ja sanoisi:
– Tiedätkö Varvara, minä luulen, että tänä vuonna me pääsemme takaisin Pietariin.

TESTAMENTTI

Sinä omituisena syksynä lumi satoi marraskuun loppupuolella jäätymättömään maahan järven yhä lainehtiessa sulana. Liimataisen kissa liiskaantui kuoliaaksi auton alle ja Liimatainen onnistui verkkoja nostaessaan kastelemaan itsensä niin pahanpäiväisesti, että vilustui, sai keuhkokuumeen ja joutui sairaalaan. Posti-Elsa juoksutti tietoa tönöstä tönöön. Senkin Elsa tiesi kertoa, että Liimatainen makasi henkitoreissaan teholla ja oli pyytänyt Huttusta, joka oli eläkkeellä oleva poliisi, käymään luonaan.

Testamenttia ne olivat värkänneet, siitä oltiin kylällä varmoja. Liimatainen oli leskimies, vaimo oli kuollut lähes kymmenen vuotta sitten ja lapsia Liimataisilla ei ollut. Hurjia huhuja Liimataisen rikkauksista alkoi kierrellä pitkin kylää. Joku oli tietävinään, että Liimatainen oli sanellut viimeisen tahtonsa pilkulleen, jopa hautajaisistaan hän oli määräyksensä antanut, tarjoiluja ja arkunkantajia myöten. Siitä, kuka Liimataisen perisi, ei kukaan ollut selvillä. Huttuselta yritettiin udella tietoja. Ukot tarjosivat hänelle baarissa keskikaljaa, eivätkä ottaneet uskoakseen, kun Huttunen vakuutti käyneensä sairaalassa hyvää naapuria ja kalakaveria tapaamassa, mistään muusta ei ollut kyse. Oli siis pakko odottaa Liimataisen siirtymistä tuonilmaisiin, joka oli enää päivien kysymys, väitti posti-Elsa varmana tietona kuulleensa. Sitten selviäisi koko kylän mieliä kaihertava testamenttisalaisuuskin.

Kun vähän löysäpäisenä pidetty Tahvanaisen Siiri sitten ilmoitti nähneensä kylän läpi ajaneen taksin takapenkillä Liimataisen, ei väitettä aluksi kukaan ottanut vakavasti. Totta se kuitenkin oli, Liimataisen mökissä alkoivat taas valot palaa ja miehen itsensä nähtiin käpsehtivän pihassaan, tosin laihtuneena ja entisestäänkin kutistuneena, mutta kiistatta elävien kirjoissa. Lähitalossa kissa oli saanut pentuja ja Liimatainen kävi hakemassa sieltä itselleen yhden. Hiiret olivat kuulemma hänen poissa ollessaan villiintyneet vallan mahdottomiksi.

Huhtikuisena päivänä ollessaan pankissa asioimassa Liimatainen lyyhistyi äkkiä lattialle keskelle auringonläikkää, niin että näytti siltä kuin hänellä olisi ollut sädekehä pään päällä. Hätääntyneet pankkirouvat soittivat ambulanssin, joka kurvasi paikalle pillit ujeltaen. Elvytysyritykset olivat turhia, Liimataisen sydän oli sykähtänyt viimeisen kertansa.

Hautajaiset olivat vaatimattomat ja hiljaiset. Lähimpänä omaisena paikalla oli pikkuserkku vaimonsa kanssa. Mökki ja tontti menivät valtiolle. Kissan haki Huttunen pois mökin rappusilta kyhjöttämästä. Se oli oivallinen hiirikissa, mitä Liimataisen kollilta saattoi odottaakin.

UJO MIES JA PYYLEVÄ NAINEN

Myöhäissyksyn iltana, ensimmäisten pakkasten aikaan, pyylevä nainen liukastui kirjaston portailla ja putosi suoraan ujon miehen syliin. Mies levitti käsivartensa ja otti hänet vastaan kuin odottamattoman lahjan. Tässä sattuman järjestämässä syleilyssä he häkeltyivät tolaltaan ja saivat aikaan vain sekavia lauseentynkiä:

– Mihin sattui, ei kai vain luita sentään?

– Ei, en usko, nilkka ehkä.

– Ettei ambulanssia tai lääkäriä sitten?

– Ei, kyllä minä tästä.

Nainen ujuttautui miehen syleilystä ja vastahakoisesti tämän oli päästettävä irti. Nainen oli nolo ja punainen, mies tuijotti käsiään kuin kahta vierasta uloketta, jotka äkkiä olivat kasvaneet hänen kupeilleen. Nainen kiitti ja linkutti matkoihinsa niin nopeasti kuin nuljahtaneelta nilkaltaan pääsi. Mies katseli haikeana hänen peräänsä.

Pyylevä nainen keinotteli itsensä varovasti kotiin ja kääri tiukan siteen nilkkansa ympärille. Lopuksi iltaa hän linnoittautui vuoteeseen mukanaan suklaarasia ja lainaamansa tiffany-lasitöistä kertovat kirjat. Hän suunnitteli aloittavansa joulun jälkeen lasikurssin. Aiemmin hän oli kokeillut huovutusta, runonlausuntaa ja matonkudontaa, mutta mikään niistä ei ollut saanut häntä vakuuttumaan. Hieman naisen ajatuksia häiritsivät miehen lempeät silmät, joihin hän oli ehtinyt kurkata miehen syliin pudottuaan. Nainen pohdiskeli hetken liikakilojaan, vatsamakkaroitaan ja pulskia pakaroitaan ja poisti päättäväisesti miehen mielestään.

Ujo mies meni syleilystä niin suunniltaan, että unohti kirjastossa pidettävän Egyptin muinaista taidetta käsittelevän esitelmätilaisuuden, minne oli ollut menossa ja suuntasi sen sijaan takaisin kotiin. Kotona hän hääri edestakaisin osaamatta ryhtyä tekemään mitään järkevää. Kun miehen kännykkä alkoi luritella, hän ehti jo kuvitella, että soittaja olisi hänen syliinsä pudonnut nainen, mikä oli tietysti mahdotonta, koska kumpikaan ei tiennyt toisistaan edes nimeä. Soittaja oli joutavanpäiväisen juorulehden kaupittelija, jolle ujo mies tiuskaisi kieltävän vastauksen niin ärtyneesti, että häntä moinen epäkohteliaisuus myöhemmin kadutti. Yön mies nukkui levottomasti nähden unia, jotka hän aamulla oli unohtanut.

Ujon miehen ja pyylevän naisen kohtaamisesta olisi syntynyt ainutlaatuinen rakkaustarina, jos nainen ei turhaan olisi hävennyt reheviä muotojaan ja mies ei olisi ollut niin kertakaikkisen ujo. Naisesta olisi tullut mainio äiti, jonka hellässä, lämpimässä sylissä itkuisinkin koliikkivauva olisi tyyntynyt. Kun lapsi olisi kasvanut, olisi mies riemumielin ja ylpeänä opettanut, miten puuhun rakennetaan maja ja miten pajupilli vuollaan.

Ujo mies ja pyylevä nainen eivät tavanneet enää koskaan. Mies aloitti säännöllisen lenkkeilyn ja suunnitteli hölkkäreittinsä niin, että se aina kulki kirjaston ohi. Pyylevä nainen ei kuitenkaan enää ehtinyt kirjastoon. Hän ei aloittanutkaan lasikurssia, vaan ryhtyi opiskelemaan yksinlaulua. Hänen opettajansa oli hurmaantunut hänen tummasta, täyteläisestä alttoäänestään. Kannustuksen siivittämänä nainen jaksoi väsymättä harjoitella skaaloja. Salaa hän uneksi menestyksestä oopperalaulajana.

Aikoja myöhemmin ujo mies huomasi lehdessä kuvan, joka oli otettu pyylevän naisen ensikonsertissa. Hän tunnisti naisen heti. Kun nainen myöhemmin konsertoi, meni mies kuuntelemaan häntä aina, jos hänellä vain oli siihen mahdollisuus. Mukaansa hän osti kimpun tummanpunaisia ruusuja, jotka konsertin päätyttyä toimitettiin nimettömänä illan solistille.

ÄKKILÄHTÖJÄ

Raili heräsi Sakarin kännykän ääneen, vaikka tämä oli säätänyt sen mahdollisimman hiljaiseksi. Kello oli puoli kaksi. Raili arvasi välittömästi, kuka soittaja oli. Puhelu kesti vain hetken. Heti sen päätyttyä Sakari pukeutui ja lähti. Sakari ei selittänyt mitään eikä Raili kysellyt.

Ikkunasta Raili katsoi, miten Sakarin auton perävalot häipyivät pimeyteen. Hän kömpi takaisin vuoteeseen. Uni oli kuitenkin paennut. Kun lapset olivat olleet pieniä ja Raili oli joutunut nousemaan lohduttaakseen painajaisunta nähnyttä, antaakseen yskänlääkettä tai hieroakseen kipeää vatsaa, hän oli nukahtanut välittömästi uudestaan saatuaan lapsen tyynnytetyksi.

Nyt ikä oli tehnyt tehtävänsä. Raili pyöri vuoteessa, etsi hyvää asentoa. Peiton alla oli liian kuuma, ilman peittoa kylmä. Talossa korahteli vesiputki, ulkoa kuului, miten auto kaasutti ohiajaessaan. Vasta kolmen jälkeen hänen onnistui vaipua uneen. Sakarin paluuseen hän ei havahtunut, kuuli vain oven kolahduksen unen läpi.

Aamulla Sakari makasi omalla puolellaan parivuodetta ja kuorsasi vaimeasti. Onneksi oli lauantai eikä kummankaan tarvinnut lähteä töihin. Raili nousi varovasti, antoi Sakarin nukkua. Hän oli ehtinyt juoda pari kupillista kahvia ja tutkia netistä päivän uutisvirtaa, kun Sakari ilmestyi keittiöön. Miehen silmänaluset olivat tummat, tukka törrötti pystyssä.

– Huomenta. Kävittekö eilen päivystyksessä?

– Ei, mitä se olisi auttanut? Sain äidin rauhoittumaan ja nukahtamaan. Lupasin pistäytyä iltapäivällä.

Sakarin yöllinen lähtö oli ollut jo kolmas tässä kuussa ja elettiin vasta kuun puoliväliä.

Raili ei enää tiennyt, ketä olisi säälinyt eniten: alinomaa kuolemaa tekevää anoppiaan, Sakaria vai itseään.

Juha Mänttäri

lappeenrantalainen kirjoittaja, eläk-keellä Lappeenrannan Kylpylän hie-rojan toimesta

Kirjoittaminen on minulle terapiaa. Tarinat kiinnostavat. Kirjoitan mielelläni paikallisista ihmisistä ja tapahtumista, koska olen paljasjalkainen lappeenrantalainen. Olen ollut toimittamassa ja markkinoimassa mm. Scandia Kirjat Oy:llä Urheilumme kasvot -kirjasarjaa ja Suurta jääkiekkoteosta. Kirjoituksiani on ollut Haukan aikaisemmissa antologioissa *Miun Lappeenranta* (2019) ja *Sydänääniä* (2021).

NUOTIO

Balladia Saimaalla ei voinut filmata pilvisenä päivänä, joten näyttelijät ja filmausväki joutuivat odottamaan aurinkoisempia päiviä Karhusaaren ravintolapaviljongilla. Näyttelijöillä oli aikaa muokata Prinsessa Armadan käsikirjoitusta ja pitää yllä rentoa meininkiä ravintoloitsija Reino Rennon vaimon tarjoillessa vissyä ja sitruunasoodaa. "Kirkasta päivää odotellessa juodaan vain kirkasta, sanoi renki, kun töiltään ehti", Räävelin osaa esittänyt Uuno Laakso viisasteli. Hotelli Patriasta tulleet laivamies Olavi Virta ja Veeraa näytellyt Assi Nortia olivat liittyneet seurueeseen. "Hai sie kyyhkyläine, mis sie oot ollu?" Veeran äitiä esittänyt Elna Hellman kysyi. "Myö ei päästy tulemaa, ku Patrias ol Nuotio!" "Aij, Jai, Jai, paloks se ihan poroksi?" "Ei - kun Auvo Nuotio," selvensi Veera. "Thyi, thyi, thyi! Älä sie ruppee valkolaisii kans tulel leikkimää!" Veeran äiti kuittasi.

Olavi Virta oli soittanut Patriasta avustajana toimineelle tenori Auvo Nuotiolle, joka oli töissä Helsingin poliisilaitoksella ja sopinut uuden orkesterin, Kipparikvartetin, perustamisesta. Ideanikkarina oli ollut Assi Nortia. Heinäkuun viileähkön pilvisestä säästä huolimatta tunnelma alkoi olla iloinen. Viereisen pöytäseurueen herrasväki oli nähnyt kippari Kalle Viherpuun ottavan Olan "nuottisalkun" pöydän alta jalkojensa välistä. Salkussa oli ollut kuudelle kirkkaalle pullolle oma kotelonsa. Ola oli lorauttanut naisille sitruunasoodan ja miehille vissyveden sekaan lämmikettä. Veeran soittaessa viulua Ola oli napannut kurtun nurkasta, säestänyt Revyyteatteri Punaisen Myllyn ja Oopperan tanssiryhmän omatoimista harjoitusta. Ohjaaja Ville Salmista ei näkynyt missään. Osa seurueesta oli lähtenyt koteihinsa aurinkoisia päiviä odottamaan.

Iltaa kohden ilon irrotessa ruhtinatar Tolkaa esittänyt Elsa Turakainen oli liehitellyt Zingalin roolissa näytellyttä tulisielusta mustalaista Veikko Uusimäkeä. "Aij, jai, jai, jai !" Minä pelkä. Sinä ryöstämä minua", oli ruhtinatar replikoinut toiveikkaasti. Yön koittaessa taiteilijat olivat pakanneet tavaransa ja lähteneet laivaan kipparin kuorsausta kuuntelemaan.

Seuraavalla viikolla ilmojen kirkastuessa kuvaukset pääsivät alkamaan. Elokuvasta tuli suosittu. Kipparikvartetti kiersi menestyksekkäästi ympäri Suomea useita vuosia. Vuosia myöhemmin eräänä aurinkoisena maaliskuun päivänä, kun paikallisen sydänyhdistyksen jäseniä istuskeli Karhusaaren laavun nuotion äärellä makkaraa paistamassa, joku iäkäs isäntä kysyi legendaarisesta paviljongista. Opas kertoi, että paikalla olikin ollut vähän isompi nuotio, kun paviljonki paloi joulun aatonaattona v. 1979.

PALELTUNEET VARPAAT

Nelivuotias Antti asettaa neljä jäämöykkyä maalitolpaksi Taikinamäen talon porraskäytävän eteen esittämäänsä monologinäytelmää varten. Esityksen pääosassa ovat Antti, velika ja "lumpuksi" pehmentynyt narukerä. Samaan aikaan sadan metrin päässä Kimpisen stadionilla alkaa toinen näytelmä, Vihreämekot vastaan

Veitsiluodon Vastus. Kimpisessä on yleisöä muutama tuhat. Antilla ei yhtään, mutta ei se tahtia haittaa. Antti ottaa ohjat käsiinsä aikoen esiintyä molempina joukkueina, erotuomarina ja kuvitteellisesti selostaa ottelun vielä radioonkin.

Kimpisen kuuluttamon kellon osoittaessa kolmeatoista erotuomari puhaltaa pilliinsä ottelun alkaneeksi. Samassa Antti aloittaa näytelmänsä lyömällä velikalla narukerän talon seinään saadakseen mukamas syötön Vihreämekkojen "Tärä" Sereniukselta. Kimpisessä kuuluu kova huuto. Vihreämekkojen ensimmäiseksi maalintekijäksi kuulutetaan Pentti "Suiku" Kekola. Antti selostaa olevansa Suiku, sivaltaa pehmentyneen narukerän talon seinän kautta itselleen ja kuljettaa velikalla "lumppua" jäisten maalitolppien välistä, jonka jälkeen tuulettaa tekemäänsä maalia sukeltamalla pää edellä lumihankeen.

Molemmat näytelmät ovat tilanteessa 1–0 Vihreiden johtaessa. Kimpisestä kantautunut huutomyrsky jatkuu Suikun tehtyä jo neljännen maalinsa "puukkoluotolaisten" pömpeliin. Ottelut päätyivät numeroihin 5–1.

Vanhempi pariskunta pysähtyy seuraamaan lumella koristautuneen sarkatakkisen Antin edesottamuksia. Edellisenä päivänä he olivat nähneet Antin repäisevän kielensä rappukäytävän metallisesta oven kahvasta. Huomattuaan vanhukset nolostunut Antti päättää näytelmänsä juoksemalla portaat ylös, soittamalla ovikelloa ja huutamalla äidille postiluukusta: "Varpaita palentaa".

Äiti nostaa Antin keittiön tiskipöydälle ja laskee lämmintä vettä paleltuneille varpaille.

LUOTETTAVA TODISTAJA

– Voi harmi! Viisi maalia tehtiin ja 2–3 hävittiin, manasi vihreämekkojen vaihtopelaaja "Seve" jalkapallo-ottelun päätyttyä Myllykosken kentällä. Kolme omaan maaliin on harvinaista jalkapallo-ottelussa. Nyt se tapahtui. – Kausi on vasta alussa, pystymme parempaan, lohdutti valmentaja pelaajiaan joukkueen saapuessa ruokailemaan Myllykosken keskustan ravintolaan.

– Rouva hovimestari, minä laitan kaksi sormea Raamatulle, että hän on täysi-ikäinen, todisti joukkueen kokenut virtuoosipelaaja "Epro" joukkueen nuorimmaisesta pelaajasta. Komean Epron häikäisevän kohtelias käytös toimi ja hovimestari "unohti" tarkistaa nuoren pitkähiuksisen pelaajan syntymäajan.

Epro nosti tunnelman ravintolassa Ruhtinashoviksi. Hän oli seurustelujohtaja. Tarjoilijan käynti pöydässä oli kuin suurlähettilään vierailu. Ravintolapöytä ruukkujen tasanko, jälkipelin taistelupaikka tai hiljaisuuden laakso. Vähitellen ilo irtosi.

Seuraavalla viikolla Karhulassa pelatun ottelun jälkeen joukkue saapui virvoittautumaan Karhulan linja-autoaseman Karvahattu-nimiseen ravintolaan. Tarjoilijan kysyessä joukkueen nuorelta pelaajalta henkilöllisyystodistusta nuorukainen sanoi unohtaneensa paperinsa kotiin. Tarjoilija palveli välillä toista pöytäseuruetta. Kymmenen vuotta aikaisemmin armeijan käynyt keskustukipelaaja "Jaska Joutseno" ojensi pöydän alta sotilaspassinsa nuorukaiselle.

Tarjoilijan palattua nuorukainen näytti Jaskan sotilaspassia ja sai A-olutta. Kiireessään tarjoilija ei katsonut sotilaspassista syntymäaikaa, vaan valokuvaa. Veijarit pelasti samannäköisyys Jaskan kymmenen vuotta sitten otetussa passikuvassa.

Pelimiehet totesivat henkilöllisyystodistuksen tärkeyden, vaikka muutamaa päivää aikaisemmin RUK:n käyneet neljä reservin upseeria olivat polttaneet sotilaspassinsa Runebergin patsaan juurella.

VALDEMAR POISTAA HUOLET

Luontoa rakastavien ihmisten harmiksi kaupunginvaltuusto teki päätöksen rakentaa sisäliikuntahalli ja jalkapallokenttä "Amiksen monttuun", osittain suojellulle alueelle. Kenttää laajennettaessa joudutaan kaatamaan useampikin arvokas jalopuu. Kaupunki on luvannut korvaukseksi istuttaa Arboretum-alueelle 90 uutta tainta. Päätökseen pettynyt ex-puutarhuri kävelytti koiraansa Amiksen kentän Valtakadun puoleisella kaukolämpöputken sulattamalla polulla. Viereisen kerrostalon rappukäytävästä tuli biopussia käsissään kantava ex-jääpalloilija, joka ei voinut olla kysymättä ex-puutarhurilta kyseisen kenttäprojektin hylkäämispäätöksen epäonnistumisesta. "Neljäntoista miljoonan alkupääomalla ja kaupungin lopullisen rahoituksen selvittyä työt alkavat", sanoi harmistunut puutarhuri.

Viereiseltä kioskilta saapui neuvonantajansa Valdemarin kanssa ranskalaisittain käsillä puhuva hyväntuulinen naapuri Raimo Raikas. Lempinimeltään "Raikka". Raikka ylitti ensimmäisinä Etelä-Karjalassa 1960-luvulla nuorten sarjassa 4 metriä lasikuituseipäällä, kunnes harrastukset vaihtuivat muihin mielenkiintoisimpiin seikkailuihin ja insinööriopintoihin. Kesällä Raikka istuskelee Valdemarin kanssa puiston penkillä Imatrantien kioskin vierellä odottaen sisäliikuntahallin rakentamisen alkamista ja muistelee Pentti Nikulan maailmanennätyksiä. Raikka korostaa sisäliikuntahallin tarpeellisuutta. Samalla Raikka kehuu ystävänsä Valdemarin parhainta ominaisuutta, luotettavuutta ja puhtautta. "Vallu" ei puhu Raikasta pahaa, jos ei hyvääkään, mutta sillä ei ole niin väliä. Raikka on siihen niin tottunut, monien ystävyysvuosien jälkeen. Vallun vauhdittamana Raikka heittää leikillisesti huulen vastaan tulleille naapureille ääntään korottaen.

– Veiterä voitti mestaruuden!

Raikka liikuttuu muistellessaan riman ylittämistä Kimpisen kentällä, ottaa tukevasti kiinni "viiksi-Vallusta" kaataen itselleen neuvoa-antavat seuraavaa tarinaa varten. Vaikka Vallu on väkevä, vadelmalla ja vermutilla höystetty, se sopii Raikan mielestä hänelle hyvin iloisia ajatuksia antamaan.

Nähtyään hivenen vakavailmeisen, musiikkia harrastavan ex-puutarhurin Raikka lupautuu tarjoamaan hänelle lohdutukseksi monivuotista luotettavaa ystäväänsä Valdemar Pernod Finlandiaa.

75

VAROKAA TULENKANTAJAA

Olavi Paavolainen saa eron vaimostaan Sirkka-Liisasta. Olavin lukuisista naissuhteista jäljellä ovat enää vain Hertta ja Marja, joista jälkimmäinen harmikseen jää soittamaan toista viulua. Hertta on sytyttänyt tulenkantajansa palavan sydämen ilmiliekkeihin vuodattamalla hänelle intohimoista rakkauttaan: "Yksinäni uskallan sanoa: Rakas. Sinulle en uskalla, sillä mistä tiedän mitä tämä on. Tällä tavoin en ole koskaan rakastanut. Suuri tyyneys täyttää mieleni. Tätäkö olen odottanut? Tämänkö vuoksi olen rimpuillut itseni kanssa jo vuosia? Vai alkaako uusi rimpuilu sitten, kun Sinä et näyttäydykään - tai kun näyttäydyt ja alkavat minun epäilykseni? Päivällä olin hiukan sekava ja rikkinäinen syyllisyydentunnosta työtäni kohtaan, mutta miten virkeä olen ollutkaan, vaikken tainnut ummistaa vuorokauden aikana silmiäni laisinkaan - muuta kuin Sinun silmiesi häikäisemänä. Hyvää yötä Rakas."

Olavi oli valinnut Marjan kääntäjädramaturgi -ohjaajaksi radioteatteriin. Nyt tuli ryppyjä rakkauteen, kun Marja löysi kilpailijansa Hertan lähettämän, neljä vuotta aikaisemmin kirjoitetun kirjeen Olavin työhuoneen lipaston laatikosta. Soppa oli valmis.

Yleisradion pääjohtajan paikalta potkut saanut Hella Wee oli kyllä varoittanut sekä Herttaa että Marjaa Olavista ja hänen palavan sydämensä käänteistä. Hertta ei ollut siitä välittänyt. Olihan hänellä itselläänkin ollut omat kiemuransa miessuhteissaan.

Marja palaa viikonlopuksi kotiin Joutsenoon Konnunsuolle haavojansa parantamaan. Marjan saapuessa kotitalonsa Päivölän pihaan isä Rafus kuivaa sateen jäljiltä Husqvarna-moottoripyörän sivuvaunua. "Sade teki hyvää. Saadaan Jussin päivälle Ahtiaisen uutta perunaa Leppälästä."

Isä vaistoaa tyttäressään surumielisyyttä: "Mitäs Helsinkiin kuuluu?" Marja yrittää ilahduttaa vankilan tilanhoidosta vastaavaa isää ja kertoo suunnitteilla olevasta käännös- ja ohjaustyöstä. Hella Ween potkut saavat isän hyvälle tuulelle. Silti isä paheksuu Paavolaisen suosimaa vasemmistolaista Radioteatterin ohjelmatuotantoa.

Äiti huutaa ovelta Marjaa syömään. Sunnuntaina puolen päivän jälkeen Saimaan Osuusauton linjavaunu pysähtyy Konnunsuon Yhtymän kaupan eteen ja noutaa Marjan Lappeenrannan kautta Helsinkiin menevään autoon. Äiti on pakannut ruokaa Marjalle evääksi. Autoon istuu kaksi vankilan henkilökunnan iloista poikaa onkivavat mukanaan. Onkijapojat jäävät autosta pois Lauritsalan kanavan reunalla. Marja toivottaa pojille hyvää kalaonnea. Toisessa pojassa Marja näkee jatkosodassa kaatuneen Reinoveljensä hymyilevät kasvot ja kyyneleet kihoavat hänen silmiinsä.

Marja epäilee hävinneensä Hertalle, mutta uhraa silti kaikkensa rakastetulleen ja hänen antamalleen mieleiselle työlle. Työt jatkuvat onneksi vielä vuosia tragedioista huolimatta.

Marja-Liisa Oikkonen

Olen koulutukseltani merkonomi ja työskennellyt toimistopuolella. Nykyisin olen eläkkeellä. Olen kirjoitellut lapsesta saakka. Se on ollut eräänlaista terapiaa ja tänä päivänä on kätevää kirjoittaa tietokoneella. Nautin myös sosiaalisesta kanssakäymisestä, jota minulle viimeksi on tarjonnut Kirjoittajapiiri Haukka. Olen myös opiskellut kirjoittamista Etelä-Karjalan kansalaisopistossa, Joutsenon Opistossa ja Etelä-Karjalan kesäyliopistossa.

ANNIKA

Mies käveli reippaasti lentoaseman käytävällä ihmisvilinässä vetäen laukkuaan ja oli törmätä keski-ikäiseen jo tanakoituneeseen matkailijaan, joka seisoskeli paikallaan.

– Anteeksi. No mutta hei, Ville, tämäpä sattui. Minä olen muuttamassa Australiaan. Mitenkäs siellä kotikylässä hurisee?

– Terve, terve, Juhani. Mitäs meillä maalla, hyvinhän tässä on eletty, kun on särvintä omasta takaa. Oletkos sinä jo valmis insinööri?

– Kyllä, toissa keväänä valmistuin ja firma lähettää Australiaan erästä kaivosta tutkimaan. Mikäli kaikki käy hyvin, jään sinne asumaan.

– Muistatkos, Ville, kun tapeltiin yhdestä tyttölapsesta, Annikasta, silloin pojankoltiaisina? Juhani kysäisi.

– Johan se on unohdettu. Anteeksi vaan, taisin motata sinulta silmän mustaksi.

– En mitä sitä muistanutkaan, mutta vieläkö Annika on ollut sielläpäin? Juhani jatkoi vielä.

– Taitaahan se olla. Vai, olet sinä niin kauas muuttamassa. Ei sitten taida tulla ikävä kotikulmille. Lienetkö aviossa?

– En minä ole joutunut ketään rengastelemaan. Mitenkäs itse, onkos jälkikasvua?

– Onhan noita kaksi lasta, tyttö ja poika, Ville vastasi tyytyväisenä.

– Tiedätkö, onko Annikalla perhettä? Siinä oli sitten kaunotar, ja mitkä kurvit.

– Kaikkihan me vanhetaan. Sinulla on sitten aivan uusi elämä siellä kaukana. Onko jo Australiassa tuttuja tai suhteita sinnepäin?

– On siellä työkavereita, ennestään tuttuja. Eräs nuori nainen, Elena, kyllä vähän kiinnostaa. Hoidimme erään projektin hänen kanssaan, pirtsakka tyttö, you see. Kyllä Annika kuitenkin oli toista maata. En saanut enää myöhemmin häneen yhteyttä, kun jatkoin Hesassa opiskelujani. Hän ei vastannut puheluihini eikä kirjeisiini. Lieneekö unohtanut minut?

– Taisi olla kiireinen hänkin. Minä olen perheineni lähdössä lomamatkalle Kanarialle. Tuoltahan he jo tulevatkin.

– Annika! Ja sinä annoit minun höpötellä kaikki! Lähdenkin tästä omaan terminaaliini.

– No, olihan se mukava kuulla vaimoaan kehuttavan. Olisit nyt jäänyt juttelemaan. Hyvästi sitten ja hyvää matkaa.

Toinen miehistä häipyi ihmisvirtaan, mutta toinen jäi mietteliäänä katsomaan hänen peräänsä.

HAUTAUSMAALLA

Istun vanhalla hautausmaalla puiston penkillä lehmuksen alla lepuuttaen kipeää jalkaani. On helteinen kesäpäivä ja vaihdoin kukat hetkeä aiemmin vaimoni haudalle. Kuulen viulun ääniä, jotka yhtyvät lintujen lauluun. Kun käännän katseeni ääntä kohden, näen pienen tyttösen seisovan erään hautakiven edessä viulu leukansa alla ja kotelo vasten kiveä. Auringon kiila paistaa taivaalta lehtien lomasta osuen häneen kuin valonheittimestä. Hätkähdän.

Soitto on hapuilevaa, ikään kuin hän kuuntelisi välillä ja soittaisi luritUksen silloin tällöin. Lähestyn soittajaa ja pysähdyn hänen taaksensa lukemaan, kuka oli haudattuna. Kenelle hän soitti? Hautakivessä luki: Walter Wilhelm Klein, syntynyt 16.7.1910, kuollut 4.12.1950. Tyttö kääntyi katsomaan minua, joten aloin jutella hänen kanssaan.

– Enhän häiritse sinua? Onko siinä haudattuna isäsi?

– On. Tyttö tarkasteli minua arasti ruskeilla silmillään, mutta päätti sitten puhua kanssani ja laski viulun kädestään kylkeään vasten.

– Tässä on isäni Walter. En ymmärrä, miksi hänen piti kuolla.

– Sen kyllä uskon. Elämä vain on sellaista, epäoikeudenmukaista. Hänkö opetti sinut soittamaan viulua?

– Niin. Isäni sanoi, että kun opin soittamaan niin kuin linnut laulavat, silloin olen oikea viuluniekka. Linnut laulavat miten milloinkin, välillä yhtä aikaa tai ovat välillä pitkään hiljaa. En tahdo oikein pysyä perässä, mutta ehkä isä kuuntelee. Haluan soittaa hänelle, niin kuin ennen.

– Se on ihan kauniisti tehty. Asutko sinä tässä lähellä? Haluaisin puhua äitisi kanssa soitto-opinnoistasi. Minä olen musiikin opettaja, mutta jo eläkkeellä. Voisin opettaa sinua viulun soitossa. Onnistuisimme varmaan yhdessä paremmin.

Lapsen silmät kirkastuivat, ja hän sulki viulun ja jousen koteloonsa ja lähti iloisesti hyppelemään edelläni. Minä linkutin perässä, ja jotenkin tunsin oloni paljon paremmaksi. Saisin seuraa yksinäiseen elämääni ja voisin opettaa puoliorpoa tyttöä toteuttamaan unelmaansa.

Muistoissani palasin omaan lapsuuteeni, jolloin sain taistella päästäkseni musiikkialalle.

– Ei sinusta tule koskaan musikanttia. Menet vain töihin, isäni oli sanonut. Äitini sai kuitenkin hänen päänsä käännettyä, pääsin musiikkiopistoon ja stipendiaattina musiikkiakatemiaan.

Kersti, tytön äiti, yllättyi kovasti minut nähtyään, mutta pyysi sitten kohteliaasti peremmälle. Esittäydyin ja kerroin ajatuksestani tytön seuratessa jännittyneenä sivusta keskusteluamme.

– Meillä ei ole kyllä varaa kalliisiin musiikkiopintoihin, vaikka Liese on mieheni mielestä ahkera ja lahjakas. Mieheni kuoli yllättäen ja joudun käymään töissä. Pyydän anteeksi, jos tyttäreni on ollut teille vaivaksi.

– Eihän toki, tapasimme miehenne haudan äärellä ja huomasin, että voisin opettaa häntä omaksi ilokseni ilman muuta korvausta, kunhan saisin olla läsnä teidän elämässänne. Tässä on käyntikorttini. Harkitkaa asiaa ja soittakaa sitten päätöksestänne.

Rouva Kleinin rauhallinen olemus miellytti minua. Hän otti yhteyttä jo seuraavana päivänä. Myöhemmin meistä tuli hyvät ystävät.

Lapsi kehittyi taidoissaan ohjauksessani. Ehdin nähdä hänen varttuvan ja valmistuvan musiikinopettajaksi ja konsertoivaksi viulutaiteilijaksi.

Koskaan en ole voinut unohtaa tuota näkyä ja erikoista tapaamistani hautausmaalla.

KUN ELÄMÄ SATUTTAA

Laina heräsi aamulla viiden aikaan hikisenä ja ahdistuneena. Hänen muistiinsa palautui painajaisuni, jossa hän putosi ja putosi, ikään kuin mustaan kuiluun. Hän oli yrittänyt huutaa, mutta kuivasta kurkusta oli kuulunut vain korahdus, johon hän sittemmin oli herännyt. Sitten todellisuus alkoi selvitä.

– On sattunut tapaturma rakennustyömaalla. Miehesi ja hänen työtoverinsa putosivat telineitten petettyä ja saivat surmansa heti. Selvitämme tapahtumaa ja palaamme asiaan myöhemmin. Syvin osanottoni, rouva Holm, viestintuoja oli kertonut kerrostalon oviaukosta edellisellä viikolla. Hänen vierailunsa oli jäänyt lyhyeksi. Mies pakeni mahdollisimman pian. Ei varmaan kestänyt sanojensa aiheuttamaa tuskaa.

Laina ei ollut puhunut mitään, kun hänet oli johdettu pitkin sairaalan käytäviä. Patologisella osastolla hän näki miehensä kasvot ja purskahti äänekkääseen, toivottomaan itkuun. Lääkäri oli kutsuttu paikalle, ja Lainalle oli annettu rauhoittava lääkitys. Sitä seuraava aika oli kuin raskaan harson peitossa. Rutiinien avulla elämä jotenkin sujui. Laina tunsi itsensä robotiksi, joka toimi tahdottomasti, kuin olisi ollut joku toinen. Tämä ei voi olla totta. Hän tunsi katkeruutta, vihaa ja syvää kaipausta. "Lapset", hän voihkaisi. Heillä ei ole isää. Lainaa ahdisti. Hänen silmänsä kostuivat.

Itku helpottaa, hän oli kuullut sanottavan, mutta tiesi, ettei se auttanut. Itkua ei saanut loppumaan, kun se kerran alkoi. Jos itkemisen sai estettyä, päätä alkoi särkeä. Niin oli parempi, lapset eivät enää säikähtäisi. Kolme poikaa, Lauri seitsemän-, Juho viisi- ja Mauri kolmevuotias, yrittivät olla kiltisti, aivan liian hiljaa ikäisekseen, etteivät olisi häirinneet totista äitiä.

Laina kieriskeli levottomasti vuoteellaan. Hän ei jaksanut nousta ylös. Olo oli voimaton ja turta. Vain yksi ajatus kiersi päässä: Rakas Penttini on kuollut.

Viereisestä lastenhuoneesta alkoi kuulua kolinaa ja liikettä. Kolmivuotiaan kirkas ääni kajahti aina silloin tällöin. Hän alkoi leikkiä kolistellen tavaroitaan.

Käly oli käynyt esittämässä surunvalittelut ja oli odottanut kahvitarjoilua. Mirja-sisko oli tullut pullien kanssa ja keittänyt kahvit, pessyt tiskipöydälle kertyneet astiat, silittänyt lasten vaatteita ja luvannut apua hautajaisten ja uuden arjen järjestelyihin.

Ajatukset katkesivat. Pojat repäisivät makuuhuoneen oven auki ja kiipesivät parivuoteeseen, toiselta puolelta tyhjään, nuorin äitinsä päälle.

– Äiti, puurloa, äiti puurloa, Mauri intti. Toiset, vähän suuremmat, yrittivät vetää voimatonta äitiään ylös sängystä, siinä kuitenkaan onnistumatta.

Vanhimmasta pojasta huomasi, että hän oli ymmärtänyt jotenkin, ettei isä koskaan tulisi, muttei uskaltanut kysellä enempää, vaan sulkeutui kuoreensa. – Autoin Mauria potalle, hän selitti.

– Kiitos, Lauri, odottakaa nyt, kun pääsen tästä ylös. Onhan meillä vielä toisemme, Laina-äiti huokasi.

Hän nousi verkkaisesti ja upotti jalkansa lattialle. Paleli. Sitten hän alkoi pukeutua.

Uusi päivä oli aloitettava ja mentävä eteenpäin, kaikesta huolimatta. Niin olisi parasta.

MY WAY

Tämä tapahtui Imatralla, eteläkarjalaisessa pikkukaupungissa. Kauppamatkustaja Erkki Palo oli majoittunut vanhaan linnamaiseen Valtionhotelliin. Hänen tarkoituksenaan oli käydä myymässä toimistotarvikkeita paikkakunnan kouluihin. Mies purki matkatavaransa ja vaatteensa naulakkoon ja laatikostoihin. Hän avasi television tarkistaakseen, oliko siellä sopivaa ohjelmaa tai olisiko aparaatti edes kunnossa. Televisiosta tuli musiikkiohjelma Frank Sinatrasta laulamassa suurella konserttilavalla. Ikivihreä My Way kuului Erkin korviin, mikä pani miehen mietteliääksi.

Erkki Palo oli jo iäkäs mies, joka oli nähnyt monenlaista elämää niin ravintoloissa kuin hotelleissa kierrellessään autollaan ympäri maata kauppamatkoillaan. Mielestään hän oli yhä komea, ehkä vähän ohimoiltaan harmaantunut ja menettänyt osan kiharasta tukastaan päälaelta. Hän oli tutustunut useisiin naisiin ja ollut jonkin aikaa suhteessa heihin, mutta pitempiaikainen parisuhde, perheen perustaminen, oli aina kaatunut luottamuspulaan liikkuvan työn tähden. Vai oliko sittenkään näin? hän mietti itsekseen.

– Mistä päin olet kotoisin? Pirkko, vaalea kaunotar oli kysynyt kolmekymmentä vuotta sitten. Oliko siitä jo tosiaan niin kauan? Erkki ajatteli ja muisteli mennyttä aikaa, nuoruuttaan.

– Helsingistä. Olen kauppamatkoilla täälläpäin. Oli onni, että tapasin sinut täällä ravintolassa. Ihan hieno paikka, käytkö useinkin täällä tanssimassa?

Siitä oli alkanut seurustelu ja iloisen illan vietto. Sitä kesti useamman päivän ajan. Seuraavalla matkalla Imatralle hän sai tämän nuoren naisen jäämään yöksi huoneeseensa. Aamulla tämä oli kuitenkin ollut poissa eikä häneen saanut enää yhteyttä. Pirkko oli lähtenyt jo ennen kuin Erkki oli herännyt. Mitähän he olivat puhuneet? Oliko nainen loukkaantunut jostakin? Se ei muistunut mieleen, eikä hän tiennyt toisen elämästä sen enempää. Hänen olisi pitänyt kysellä yhteystietoja enemmän. Erkki ei tavannut Pirkkoa enää koskaan. Toisella paikkakunnalla hän tapasi taas uuden ystävättären ja imatralainen Pirkko unohtui. Tämä oli varmaan löytänyt toisen miehen.

Ulkona alkoi jo hämärtää. Imatran kuiva koski puistoineen tuntui häviävän varjoihin. Koskeen ei laskettu enää vettä. Jospa lähtisin tästä vähän kävelemään ennen illallista, hän ajatteli. Erkki sulki television ja otti tummansinimokkaisen puolitakin, pani kevyen lierihatun päähänsä, sulki oven ja lähti ulos.

Erkki käveli Vuoksen rannalla pitkin puiston polkua. My way, musiikki velloi hänen mielessään. Tainionkoskentieltä kuului äänekästä puhelua ja kiroamista. Tie sijaitsi hiukan kauempana Vuoksen reunasta. Välissä oli nurmikko puistoalueineen. Äänet rikkoivat muuten niin nostalgista tunnelmaa, joka oli vallannut Erkin mielen tässä kulttuurimaisemassa.

Yhtäkkiä joku tumma-asuinen huppumies juoksi nurmikon poikki hänen luokseen. Hän pauhasi jotain itsekseen, mutta sanoista ei saanut selvää. Muista äänistä päätellen häntä ajettiin takaa. Erkki yritti väistää tulijaa siinä onnistumatta, horjahti taaksepäin toisen törmätessä häneen ja tunsi viiltävää kipua rinnassaan. Hän ehti tajuta miehen pistäneen häntä jollakin teräaseella. Hän kaatui selälleen, ja hattu paiskautui nurmikolle. Sitten kaikki meni hyvin sumeaksi. Aivan kuin hän itse ei olisi ollut läsnä, vaan ympärillä kuului vain sekavia ääniä. Jostain kadulta kuului ambulanssin repivä hälytysääni.

– Minun tieni, minun elämäni on nyt tässä, hän korahti. Kaikki oli pimeää ja kylmää.

Seuraavana päivänä lehdessä oli kirjoitus järkyttävästä tapauksesta ja siinä pyydettiin kaikkia silminnäkijöitä tai asiasta tietäviä ottamaan yhteyttä rikospoliisiin.

Pirkko Stavén kulki puistossa ja työnsi rattaissa rakasta lastenlastaan. He joutuivat kiertämään poliisin eristämän alueen.

– Mummo, mitä tuolla on? lapsi kysyi.
– Siellä päättyi erään tien kulkijan elämä, Pirkko selitti totisena. Lapsi huomasi, ettei sopinut kysellä enempää.

OMENOITA, OMENOITA

Kahden vierekkäin sijaitsevan omakotitalon pihat olivat aivan erilaiset, niin kuin niiden asukkaatkin. Toisen pihan täytti kukoistava puutarha. Sen omisti pullea ja aina iloinen leskirouva. Viereisellä pihalla kasvoi vain heinää ja rikkaruohoja sekä iso, vanha villiomenapuu. Tämä naapuri oli kitisevä, laiha, äreä ja yksinäinen vanha herra.

Rouva Apple oli varma, että tänä vuonna puutarhasta tulisi erinomainen sato. Herra Kaisla puhisi itsekseen, että kyllä kevät-halla vie nyt omenapuut. Jos ne säästyvät, niin tulevat ainakin olemaan matoisia.

Omenapuut alkoivat auringon paistaessa kukkia runsaasti valkeina ja vaaleanpunaisina. Hyönteiset pörräsivät kukasta kukkaan. Herra Kaisla katseli kateellisena aitansa yli naapurin kukkaloistoa.

– Omenoita, omenoita, hän puhisi.
– Ai, mokoma amppari pisti, herra Kaisla ärähti. Kättä alkoi särkeä ja se turposi.
– Pitäkää kättänne kylmän vesihanan alla jonkin aikaa. Tulkaa sitten keittiööni, niin lääkitsen sitä. Voi että, pitikin sattua, huokaili rouva Apple. Herra Kaisla meni nolostuneena naapuriin saamaan ensiapua ja laastarin kipeään käteensä.

Myöhemmin nuorten kesäloman aikaan rouva Applella oli hoidossa rakkaat lapsenlapsensa Eino ja Aino. He touhusivat mummonsa kanssa hiekkalaatikolla ja kukoistavassa puutarhassa aamusta iltaan ja puissa kasvoi omenoita, paljon omenoita.

Tuli syksy. Eräänä myrskyisenä yönä herra Kaislan ainut villiomenapuu kaatui rysähtäen.

– Voi kauhistus! Onneksi ketään ei jäänyt alle, päivitteli naapuri aamulla aidan takaa.

Herra Kaisla alkoi kiireesti siivota puunjätteitä pihaltaan. Risut sai poltettua, mutta rungon hän sahaili pötköihin. Kaikenlaista puuhastelua vältellyt mies vei ne piharakennukseensa. Siellä hän sahasi, veisteli ja koversi aina, kun päiväuniltaan ehti, ja tulosta syntyi.

Rouva Applen yllätykseksi herra Kaisla kantoi kauniin keinuhevosen Einon ja Ainon leikkeihin. Hevosella oli hulmuava harja, häntä pellavalangasta sekä pirteät nappisilmät. Rouva Applelle mies halusi lahjoittaa puusta veistämänsä omakuvan.

– Kylläpä te olette lahjakas, herra Kaisla, oikea taiteilija. Minulla ei ole kuin omenoita. Niitä kyllä riittää, olkaa hyvä, ja käykää hakemassa milloin vain ja miten paljon vain, kujerteli rouva Apple säteillen. Siitä lähtien naapurukset vierailivat toistensa luona kahvitellen, omenia maistellen ja maailmaa parantaen.

Rouva Apple keräsi puistaan omenia leipomuksiinsa, jälkiruokiinsa ja säilöttäväksi sekä ihan sellaisena syötäviksi. Toiset naapuritkaan eivät iljenneet liiemmin juoruilla, koska rouva Apple laittoi omenoita paperipusseissa kadun varteen porttinsa lähelle. Siihen hän oli omakätisesti kirjoittanut kyltin "OTA TÄSTÄ".

Anneli Pylkkönen

konttorista näyttelijäksi, olen myös kirjoittaja, tulkitsija ja luonnon huumaama eläkeläinen

Kirjoitan elämästä joka kantilta, luontoakaan unohtamatta. Runoja tai proosaa voi syntyä missä vain ja mistä vain näkemästäni, kaikki havaittavissa oleva tai mielikuvitus voi sytyttää tekstin syntymään. Historia on sydäntäni lähellä, se voi loihtia käytettäväkseni uusia tarinoita.

Julkaisut: Anneli, 2010, Kaksinaiset ja Suostui elämälle, 2011, Neirol-kustannus ja runojani lauluina CD NAINEN, 2012, Kaksinaiset ja Nainen punaisissa saappaissa, 2013, Neirol-kustannus, Taidenäyttely, 2018, oma julkaisu. (Oheisessa kuvassa olen Röytyn piikana Taipalsaaren 450-juhlavuoden draamakierroksella.)

HILJAA

Luonnon sylissä

ajatus vaeltaa
keho lepää

kun uskaltaa olla
vain
osa luontoa

hiljaa.

VIATTOMIA

Sanotaan
joka on viaton
heittäköön ensimmäisen kiven

sieluni mustelmilla
sanojen osumista
viattomia on siis yhä

viattomissa sieluissa
ei ole rakennettuna
anteeksipyynnölle reittiä
se jää
kivenheittäjän sydämen vangiksi

pilkkoen sen aikanaan
annospaloiksi

Bon Appétit!

ELÄMINEN

on sitäkin
että on uskallettava
avata ja sulkea ovia

katsoa syvälle itseä ja toista
puhua
kaivaakseen esille sen tärkeän
kaiken roinan alta
jonka alle tahtoo piiloutua

välillä kokee tuntevansa
hieman toista ja sitten huomaa
ettei voi tuntea toista
kun ei tunne ihan täysin
aina itseäänkään.

SILLOIN

tuli laiva
tulit sinä

olematon alkoi elää
hiipi hiljaa kohti

pöydän ääressä
silmät silmien tasalla
hymy tavoitettavissa
sanomattomat sanat
kertoivat
yhdessä ymmärrettyä
sanotut
puhuivat laivasta ja muusta

jalkakäytävällä
kuin sovitusti
kaappasi halaus
hetkeksi
kaksi yhdeksi

hämmentävä hetki
julkinen suukko
kahvilan edessä

jostain kaikki alkaa
kunnes

lähti laiva
jäi ikävä

HEHKU

illan hämyssä
polvillani
puhallan keuhkojeni täydeltä
toiveena
liekin leimahdus tai ainakin hehku

viimein
tuli tarttuu tervaksiin
leviää iloisesti räiskyen
kuiviin klapeihin

pian
nuotion roihu
leikkaa pimeyteen aukon
paljastaen kaksi silmää

siinä rakas
retkikumppanini Kalle
katsoo anovasti silmiini
tulkitsen
se kaipaa rapsutuksia
ja
ehkä herkkupalaakin
kuten minäkin

on makkaroiden vuoro
Kalle nostaa tassun, saa omansa
oma osuuteni siirtyy tikun nokassa
liekkien hehkuun
kohta (maiskis maiskis) aah

Soile Rinno

79 v. Lappeenrannassa asuva stadilainen

Kirjoitan nopeasti, mutta viilaan loputtomiin selkiyttäen ajatteluani. Siksi olen käsityöläinen enkä oikea kirjailija. Kilpailuvoitot, kustantamot sekä maine ja kunnia ovat kiertäneet kaukaa. Afrikan vuosieni omakustanne *Afrikkalainen matkapuhelinjumala* on kirjallinen saavutukseni, samoin Paltta ry:n historiikki Sanoja ja sanojia sekä leirinuotiolla syntynyt novellikokoelma Uhmaa ja unelmia. Pienet painokset löytyvät enää kirjastoista. Haukan antologioissa Miun Lappeenranta ja Sydänääniä olen mukana ja tungen mukaan vastakin, mutta proosallisena ihmisenä jätän runot osaavammille. Paltta huoltaa haasteita antaessaan myös mielenterveyttäni. Johtokuntavuosia on kertynyt ja antaisin jo tilaa nuoremmille. Kirjoittavat ihmiset ovat toinen perheeni, josta iloitsen.

Kuva: Riitta Komi

MATKALLA

Taas olemme perjantai-iltana maantien päällä. Vaikka meitä jo odotetaan, lähdemme silti vähän myöhemmin, ettei tarvitsisi ajaa laskevaa aurinkoa vastaan. Kun matkassa on mittaa, on kuskin keksittävä tikusta ajankulua. Satukasetit ja Rakuunapataljoona osataan ulkoa. Perinteitä noudattaen laulamme yhdessä itsemme matkaan *Soi raikuen torvet ja rummut, husaarit kun ratsastavat...* Tie on tyhjentynyt, kun liftarirakuunat ovat jo saaneet kyytinsä. Alamme laskea vastaantulijoiden eri värisiä autoja. Voittajalle on luvassa jotain hyvää välipysäkillä. Jokainen valitsee ensin värin, sillä vain pikkuveli tuntee automerkit, mutta osaa silti laskea kymmeneen ja jo ylikin. Meille naisille riittää väri ja koska kuski saa valita ensin, otan aina mustan tai valkoisen. Lapsille jää loput. Peliä kestää Uttiin ja tyttö voitti punaisella. Hän saa suurimman suklaatuutin, poika ja minä vain tavalliset.

Matkanteko jatkuu yhtä puuduttavana kuin niin monet kerrat ennenkin.

– Kuinka kauan vielä? venyttelee pieni huolestunut ääni takapenkiltä.

– Ei kauan.

– Mutta miten kauan? määrätietoinen ääni vaatii faktaa. Onhan hänellä siihen oikeuskin.

– No ei nyt niin kovin kauan enää, tämähän on tuttu matka ja pian pysähdytään pissalle.

– Ja jätskille, huomauttaa pikkuveli.

– Joo, tietysti. Se oli halvalla ostettua matkarauhaa.

Meillä on aina pitkä matka, joko mummin ja vaarin luo Helsinkiin tai mökille Hämeeseen. Luulisi että ovat niihin tottuneet. Matkat harmittavat aikuistakin, mutta lapsen ajantaju on keskenkasvuinen. Kolme tuntia ja risat yhdellä pysähdyksellä on ikuisuus, kun lapsen elämässä kaikki on tässä ja nyt, ilman vaihtoehtoja tai neuvotteluja.

– Sinun pitää tietää, kauanko vielä kestää, kun olet aikuinen, vaatii pikkuvanha tyttäreni.

– Tunti ja viiskytkuus minuuttia.

– Aha, tytär tyyntyy ja palaa akuankkaansa.

– Kestääkö vielä kauan, hän kysyy taas. Aikuisen mielestä liian pian.

– No nyt on enää tunti ja neljäkytviis minuuttia.

– Onpa hyvä, kuuluu helpottunut ääni takapenkiltä.

Näin matka etenee. Keskityn minuutteihin, kun auto nielee kuutostietä. Metsät, pellot ja risukot vaihtelevat. Ei mitään lapsia kiinnostavaa. Kylät ja talot ovat jääneet entisten mutkaisten teiden varsille. Pikkuveli jaksaa vielä. Hän kommentoi parikymmentä kilometriä jokaisen lehmän ja varsinkin hevosen ja haluaa tietää, minkä nimisiä ne ovat.

– Siinäpä taitaakin olla Mustikki.

– Mikä sen kaverin nimi on?

– Sehän on Mansikki. Nuo kauempana olevat ei ole niin tuttuja, ilmoitan vakuuttavasti.

– Ei se mitään, mutta kiva kun sä tiedät muuten niin paljon kaikesta.

Pysähdyttiin, käytiin vessat, syötiin jätskit kahvilan rauhassa ja soitettiin mummille kuten aina. Hermostuttavaa, mutta pakollista. Kännyköitä ei ollut ja jos olisikin ollut, tuskin olisivat toimineet metsätaipaleilla. Joskus jos en muistanut soittaa, äiti oli hälyttänyt matkareitin poliisipiirit ja tivannut, oliko jossain saman merkkinen auto joutunut onnettomuuteen. Sairaaloihinkin hän osasi soittaa. Väliaikatiedotus säästi virkavallan työtä ja suunnatonta häpeää.

Tauolta lähtiessä liian varhain lukutaitoinen tytär huomaa liittymän tienviitan.

– Katsos vaan, äiti, enää seitsemänkymmentäkolme kilometriä Helsinkiin!

– Onko se paljon? kysyy pikkuveli.

– No se nyt ei ole juuri mitään, isosisko vakuuttaa ja pikkuveli ymmärtää tyytyä siihen.

Sen jälkeen odotan takapenkiltä enää duettona lausuttuja kilometriviittoja.

Mäen takana alkaa peilissä vilkkua sinistä. Lapset virkistyvät heti, sillä nyt on tiedossa kerrottavaa vielä kauan pihalla, mummolassa, päiväkodissa ja kaupan tädillekin. Sinisten valojen letka on pelottavan pitkä. Arvaan ikävyydet, joita en haluaisi lasteni näkevän. Eikö meitä ohjatakaan päätieltä pois? Kaksi ambulanssia ja punaiset autot sinisten valojen alla. Viimein johtoauto ohittaa meidät tuhatta ja sataa. Pikkuveli ihastelee, että joku uskaltaa ajaa niin kovaa ja arvelee, että siitä saa isot sakot. Isosisko tietää, etteivät ne saa sakkoja, sillä niillä on oikeus ajaa lujaa, jos tahtovat.

Olen varuillani. Yhtään autoa ei enää ollut tullut vastaan aikoihin tai ehkä vain minuutteihin, joten eriväristen laskemispelillä ei voi hämätä hetkeä, joka on edessä. Kaistallamme hiljennetään ja varustaudutaan pysähdyksiin. Kukaan ei kuiki ohitukseen. Pysähdytään. Odotetaan. Valutaan hitaasti eteenpäin. Pysähdytään. Mummille ilmoitettu aikataulu ei enää pidä, mutta toivottavasti hän ei keksi taas soittaa minnekään. Nimenomaan ei tänään. Kello hidastui kuin olisi pysähtynyt.

Edessä on moottoritien ramppi, eikä enää pääse minnekään pois. On pakko ajaa hitaasti ohi. Auto on syöksynyt kaiteiden läpi ja pysähtynyt siihen. Sitä hitsataan irti. Toinen auto on lentänyt nurin tien toiselle puolelle. Kolmas, ensimmäinen, on törmännyt hirveen, joka ehkä vielä eli tai sätki vain refleksiään. Yksi ambulanssi lähtee juuri kohti Helsinkiä ja sen vilkut lakaisevat pitkälle kevätiltaa.

Onneksi olimme Koskenkylässä haahuilleet hoputtamatta kirjakaupassakin, vaikka kenelläkään ei ole edes syntymäpäivää. Hitaasti ohi ajaessani tunnistan kolmannen auton. Se oli tuonut joka tiistai samanikäisiä lasten uimakouluun ja olimme vaihtaneet odotellessa kuulumisia kahvilassa, josta lasiseinän läpi näki pienten altaaseen. Mukavat vanhemmat ja kolme iloista naperoa. Tytär ihaili Teijaa, joka uskalsi jo vähän sukeltaakin. Voi ei! Kauempana tienpenkalle on levitetty pieni pressu.

– Äiti! Katso, toi auto on ihan samanlainen kuin Teijan isällä, huomaa kaiken näkevä tyttäreni.

LOPPUTILI

Eilen saatiin kolmannet – vai oliko ne jo neljännet – yyteet päätökseen ja luvut oli heti faksattu Helsinkiin. Yyteet ei tietenkään ole koskaan helppoja, mutta nyt niihin sisältyi vielä enemmän paineita kuin aiemmin, sillä selviä ratkaisuja ei enää ollut. Jos olisi, ei tässä tilanteessa nyt oltaisi. Pääkonttorin miehet tekisivät päätökset ja minun ne on täällä sitten aikanaan pantava täytäntöön kuin tuomio. Pääkonttoriin oli melkein neljä ja puolisataa kilometriä ja metsää piisasi ainakin puolet matkaa vaikka kaadettavaksi. Nyt ei kaadeta ja toisaalta, kenen metsää ne olivatkaan, sitä ei kukaan täällä tiennyt.

Paikallislehdet olivat enteilleet jo pitkin kevättä tehtaan alasajoa ja huhut olivat levinneet pääkaupunkilehtiin asti. Lehtiväki kierteli jatkuvasti tehdasta kuin kissa kuumaa puuroa. Mistä lie olivat kuulleet huhuja, sillä kaikkia vähänkin asiasta perillä olevia oli vannotettu pitämään suunsa. Vaikka ei sen puoleen, olihan maan talous iltauutisten käppyröiden mukaan ollut syöksykierteessä ja bkt huonompi kuin vuosikymmeniin, niin että kyllä niistä kuka tahansa lukutaitoinen voi jo päätellä huomisen ratkaisun. "Kaikki kivet on käännetty ja olemme tulleet vastaan enemmän kuin kohtuullista olisi ollut", niittasi pääluottamusmies vakavalla äänellä paikallisradiossa.

Nyt ei enää ollut mitä kääntää, ajattelin itsekin mielessäni. Maailmantalouden turbulenssit tuntuivat pyyhkäisseen Suomen vihreän kullan kumoon, eikä sille ollut kukaan osannut rakentaa korvaavia elinkeinoja ajoissa ainakaan tässä pikkukaupungissa, missä tehtaalle on taivallettu isästä poikaan ja pojanpoikaan monessa polvessa liki toista sataa vuotta ja oltu niistä askelista ylpeitä. Nokiaan ja Ollilaan oli tosin uskottu Suomessa kuin jumalaan, ja jokainen, jolle oli vähänkin jäänyt tilipussin pohjalle ylimääräistä, oli ostanut osakkeen ja toisenkin. Jotkut leuhkivat oikein salkuilla, mutta siinä taisi olla puolet puhdasta sellunhajuista ilmaa.

Lama oli tällä kertaa alkanut Amerikan asuntolainoista, vaikka kukaan ei käsittänyt, mitä meillä oli niiden kannattamattomien luototusten kanssa tekemistä, mutta olipahan vain. Isotkin pankkitalot heiluivat ja kaatuivat eri puolilla maailmaa. Lama oli kuin kulkutauti, joka kaatoi satoa kaikkialla. Suomessa pörssin alamäki oli talousuutisten kestoaihe, mutta sehän vain heijasteli Wall Streetin kaikuja. Niin siinä rytäkässä ropisi alas Nokiakin kuin lehmän häntä, mutta ei silti kaatunut kokonaan, naureskeltiin porukalla salaa niitä salkunkantajia, sillä tuskin olivat osanneet hyvän sään aikana muuttaa salkkujaan käteiseksi. Sellaista ei opita tehdassaleissa isojen koneitten jymyssä.

Levottomuuttani lähdin kävelemään menemättä minnekään. Kuljin valtavien koneitten ohi ja mietin huomista. Eduskunnassakin oli uutisten mukaan oltu huolestuneita. Täällä pyöri enää vain yksi linja neljästä. Iltaan mennessä olivat luvanneet antaa lukemat Helsingistä. Salissa oli vuoro vaihtumassa ja miehet näkyivät kokoontuneen pieniin porukoihin, joista kyräiltiin silmäkulmasta, kun kuljin ohi. Nyökkäsin tervehdykseksi, mutta päät kääntyivät pois. Ne tietävät jo, ajattelin. Laskeskelevat mielissään montako saa lähteä ja montako vielä jäädä. Ynnäilevät kenellä on eläkeikä lähellä ja kenellä suurin laina omakotitalosta. Mitä tähän kaupunkiin jää, jos tehdas kokonaan suljetaan? Ei kai sentään niin voida tehdä, se on jo toista sataa vuotta sitten koskivoimaan perustettu ja ylpeydellä rakennettu lisää jatkuvasti kasvaneeseen tarpeeseen. Se on ruokkinut sukukuntia ja perheitä kauempanakin kuin tässä piippujen varjossa. Nyt tuntuu, että tarve on loppunut, vaikka sitä ei voi uskoa todeksi, ei ymmärtää eikä varsinkaan hyväksyä. Miten se oli voinut seinään loppua, muka?

Faksi oli yöllä piipannut, ja luin sen tultuani töihin tavallista aikaisemmin. Sellainen sen sisältö oli, mitä olin osannut odotellakin. Printtasin sen ja kävin kiinnittämässä ilmoitustaululle ennen vuoron alkua. Se olisi viimeinen vuoro ja se jää kesken. Kaikki irtisanotaan heti kun sopimuksissa säädetty irtisanomisaika on jokaisen kohdalla täyttynyt. Vain kahdeksan liitteessä nimettyä miestä saa jäädä toteuttamaan tuotannon alasajon ja tehtaan lopettamisen kuluvan vuoden loppuun mennessä kuin joululahjana tälle kaupungille. Kahdeksaa lukuun ottamatta miehet tulivat yksitellen ja hiljaisina huoneeseeni. Puheet oli jo kauan sitten puhuttu, enää ei ollut sanoja. Kuittasivat listaan nimensä, että olivat saaneet tiedonannon – joku väkevämmin kynää painaen, toiset horjuvin, kirjoittamaan tottumattomin kirjaimin. Lähtivät siitä tahoilleen hyvästejä sanomatta. Joku kuitenkin otti lakin päästään ja nyökkäsi ovelta katsomatta silmiin. Ihan kuin olisi ollut minun vikani ja että silkkaa pahuuttani jakelin tämmöisiä kirjeitä tänä aurinkoisena aamuna. Sitten pöydälläni oli vielä yksi kirje, mutta ovensuu oli jo tyhjentynyt. "Työsuhde päättyy välittömästi, eikä

kolmenkymmenen irtisanomispäivän aikana ole työvelvoitteita".
Samanlainen se oli kuin ne yhdeksänkymmentäneljä. Kuittasin ja
jätin pinon päällimmäiseksi jo viime viikolla siivotulle pöydälle-
ni, eikä siinä enää muuta ollutkaan. Paperikorikin oli tyhjä, mutta
ikkuna oli talven pölystä niin likainen, ettei melkein läpi nähnyt.
Siivoojatkaan eivät enää jaksaneet välittää. Sanoivat, että ikku-
nanpesu on kuin ruumista pesisi hautaan. Niinpä kai. Työmoraalil-
lakin on hintansa.

Käytävän ikkunoista näin pääportille, missä lehdistö ja televi-
siokameratkin olivat aamusta asti päivystäneet kuin haaskalinnut.
Pääkonttorin päätös on joka tapauksessa iso skuuppi, joka ravisut-
taa koko maata ainakin jonkin aikaa. Pääluottamusmiestä lukuun
ottamatta kukaan ei jäänyt kertomaan kameroille ajatuksiaan, sillä
nekin oli vatvottu jo ennakkoon moneen kertaan. Odotin kuin
nurkkaan ajettu ja lähdin vasta myöhään iltapäivällä kotiin pikku-
teiden kautta.

Niitä kahdeksaa en nähnyt missään, vaan eipä minulla olisi ol-
lut mitään asiaakaan heille. Piileksivät kuin muita häveten, vaikka
ei päätös heidän vikansa ollut, mutta ihminen voi olla arvaamatto-
man julma, jos niikseen sattuu.

Illalla sihautin kaljatölkin saunan lämpiämistä odotellessa. Oli
ihmeen kevyt olo. Ja hiljaisuus.

SIENESTÄJÄN ONNI JA SURU

Saunan porraspieleen oli yöllä putkahtanut herkkutatin poikanen,
pyöreä ja rikkumattoman sileä kuin vauvan peppu. Olkoon huo-
miseen, ei sitä kukaan siinä talloisi. Perhe on oppinut väiste-
lemään rantapolun kantarellejakin. Poikanen kertoi, että oli tullut
aika vetää vanhat lenkkarit jalkaan ja lähteä tuttuihin metsiin, jois-
sa kesällä on koritolkulla herkkutatteja ja syksyllä suppilovahve-
roita enemmän kuin jaksaa kotiin kantaa. Ahneeksi vain tulen,
enkä malttaisi lopettaa ennen kuin uupumus vie voiton. Siihen
metsään menin vuodesta toiseen kuin lähikauppaan, missä löysin

silmät ummessakin maidot ja leivät omilta paikoiltaan. Sieniä ei tarvinnut etsiä, sen kun keräsi vaikka yli oman tarpeensa, niin kuin ennen vein satoa äidille ja Liisa-tädille.

Mökkinaapurin metsätietä oli ensimmäisellä kosteikolla vahvistettu uudella sepelimurskeella. Oli pysähdyttävä ja pälyiltävä metsiin. Niinpä, olihan tienvarren pajukkoa niitetty ja kauempana näkyi punaisia muovinauhoja. Kirosin mielessäni ja mietin, miten laajat hakkuut tällä kertaa tulisi, vaikka pankissahan metsänomistaja hakkuillaan käy, niin että mikä minä olen häntä moittimaan. Olin joskus nuorempana ajatellut kysyä, mitä muutama sammaleinen metsänkumpare maksaisi, jos hän sen säästäisi ja möisi ilokseni ja ravinnokseni, sellaiset kuin John Bauerin peikkojen taikametsästä lennähtäneet. Olin ehtinyt toivoa, että muodikas yksityismetsien suojelu olisi pyhittänyt nämä vanhat ja komeat metsät. Turhaa kaikki tyynni. Edessä on enää vain niiden kuolema.

Kävelin hiljakseen herkkutattiapajoilleni hengitellen metsän parantavaa tuoksua. Lopullisuuden tunne sydänalassa keräsin tatteja, kunnes korini oli täyttymässä. Tyhjensin sen mättäälle, perkasin, heitin pari pehmentyneempää pois, vaikka eiväthän ne täällä ole jatkamassa kasvustoaan, mutta sain lisätilaa ja kevennystä kantamuksiini. Vuodet ovat karttuneet ja voimani vähentyneet. Oikaisin selkäni rinteen pehmeään sammalikkoon, joka iltapäivän viistossa auringossa hohtaa smaragdina ja myöhemmin tänä syksynä ehtii täyttää suppilovahverovarastoni. Pari tikkaa nakutti vanhoja puita jossain katseeni tavoittamattomissa, korppi raakkui suolla kaukana alapuolellani, mutta sinne asti en koskaan jaksa mennä, kun ehtymättömät sienimaat ovat jo tässä vieressäni. Miksi menisinkään?

Olivatko mahtavat korkeuksiin kohoavat ja tiheät, vanhat kuuset jo kasvaneet elinikänsä päähän? Saniaisia täällä kasvaa vain metsätien laidoilla villivatukoitten lomassa, mutta karhunsammalen välissä luikertavat liekokasvit, runsaat mustikan- ja puolukanvarsien erilaiset tuoksut alkavat nukuttaa. En kanna vesipulloa metsään, sillä täällä löytää aina jotain, jos kurkkua alkaa kuivaa. Lehtiäkin, mutta nyt vanhan hakkuuaukion vadelmat ovat parhaimmillaan, myöhemmin taas muut marjat, joita täältä asti kerään kulkiessani vain suuhuni. Lähellä mökkiä on pakastimen parhaiten täyttävä mustikkasuo, jossa ei minun elinaikanani ole kaadettavaa puustoa, joten sen saan pitää.

Jo monta monituista vuotta sitten vanhat, komeat kuuset kaadettiin metsätien toiselta puolelta, ja reunan säästyneeltä maariekaleelta on vieläkin turha etsiä suppiloita, jotka ennen eivät koskaan loppuneet. Siinä ne olivat yksiön kokoisella sammalmatolla, ja minun voimani ja korini reunat loppuivat ennen kuin suppilot, enkä sen vuoksi koskaan tullut katsoneeksi rinteeseen, joka viettää jyrkästi suolle ja jossa on vaikea kulkea, jos ei ole hirvi. Siinä pitää melkein kontallaan römytä, mutta silloin juuri suppikset löytääkin rahkasammaleen uumenista. Sinne kannattaa rämpiä vasta myöhään syksyllä ja lopulta joulukuiset jäätyneetkin kelpaavat. Kerran kahmoin summamutikassa varhaista räntälunta ämpäreihin, annoin sulaa mökin tiskipöydällä ja noukin sienet talvivarastoon kuin Huovisen ahne Hamsteri. Sellaisen minusta on näiden metsänantimien runsaus tehnyt.

Muovinauhat kertoivat, että tämä syksy olisi viimeiseni. Kaikki metsät oli merkitty niin kauas kuin näin. Jos talvi suo roudan, nämä metsät niitetään enkä minä voi sille mitään. Kääntöpisteessäni on suuri suolle kaatunut kuusenjuurakko maamerkkinä. Olin toistakymmentä vuotta sitten, ellei ehkä enemmänkin, kun vielä jalka jaksoi nousta, kulkenut haahuilemassa peikkometsäni kuusikossa hirvipolkuja pitkin ja poikin ja yllättänyt emän sen keväisen vasan kanssa. Karhuja ja ilveksiä niissä metsissä tiedetään asustavan, mutta ne osaavat aina väistää ajoissa. Sen kuusenjuurakon kohdalla hohti ylös metsätielle asti kirkkaankeltainen suuri matto, vaikka silloin oli jo syyskuu pitkällä ja olin ensimmäisiä suppilovahveroita etsiskelemässä. En uskonut todeksi, miten rinteen alla oli suuria, pulleita kantarelleja niin valtavasti, että päätin jättää suppikset myöhempään ja kerätä nämä aremmat yökylmien alta pois ja iso korillinenhan niistä tuli ja varapussillinenkin täyteen. Kosteina ne painoivat, mutta aarteestani en edes harkinnut luopua, sillä alkukesän kuivuus oli näivettänyt rantapolkuni herkut. Ne eksyivät kuin Luojani lupaus siihen samaan notkoon joka syksy, aika myöhään ja jo melkein suolle! Eihän sellainen edes ole kantarellin paikka! Nämä metsät ovat olleet rakkaat, näissä olen tottunut kulkemaan. Viime kesänä menin katsomaan miltä näyttää. Metsät on raiskattu ja tapettu ja uutta kasvua minä en ehdi näkemään. Miten kauan kestää sammaleen kasvaminen kiville ja kannoille? Maanomistaja oli niittänyt muhkean tilin metsästä, missä vain paksu tukkipuu on arvokasta. Maisema näytti pahemmalta kuin olin osannut kuvitella. Se oli kuin kuussa, sillä en osannut edes lukea maastoa, en tunnistaa, missä mitäkin oli ollut. Kaikki oli lakeaksi kaadettu, maa revitty ja kivet ja kannot käännetty nurin. Koneiden telaketjuilla oli lanattu kuivaksi ja tyhjäksi entinen kosteana tuoksuva sammalikko. Mistä saa hirviemo enää suojaa vasalleen, minne pakenevat ihmisen alta karhut ja ilvekset? Minne tekevät haukat ja pöllöt nyt pesänsä? Miksi tekisivätkään, eihän täällä ole niille ruokaakaan.

Minulle jäi vain muistoni, valokuvat ja monta purkillista kuivattuja herkkuja. Toinen pakastin on vain sieniä varten ja se on täynnä. En ole maailman taitavin kokki, mutta kehtaan ääneen sanoa, että sienistä olen oppinut rakentamaan lautaselle vaikka mitä! Olin raiskattu kuin vanha peikkometsäni. Poika saa etsiä uudet apajat, itse en jaksa. Nyt sienipaikkani ovat enää kauppatorilla, kunhan ensin runsaat pakastettujen ja kuivattujen tattien ja suppisten varastot on tuoksuvina pöytään kannettu. Saattavat muuten riittää loppuelämäkseni?

SE KILTIN NÄKÖINEN NUORI NAINEN

Samaan taloon keväällä muuttanut nuori nainen näytti kiltiltä seurakuntanuorelta. Minustakin oli mukavaa rupatella Liisan kanssa niitä näitä ulko-oven pielessä, jos osuimme kohdakkain, kun en tästä kaupungista vielä tuntenut ketään. Yritin tutustua nuoren naisen maailmaan, mutta eihän meillä muuten ollut mitään yhteistä.

Sitten yhtenä päivänä hän sivulauseessa mainitsi satunnaisesta rahapulastaan, kun hammaslääkärin laskusta puuttui neljäkymppiä ja tilipäivään oli viikko. Hän hymyili ja näytti vasemmalla takaa ylähampaansa sillan. Enhän ole mikään asiantuntija, ainakaan en hammashuollosta, sillä se oli yhtä hyvin voitu tehdä vuosia sitten. Ja oliko siinä siltaa ollenkaan?

Arvaat jo, että tarjosin neljääkymppiä, mutta minulla oli vain viisikymppinen.

– Ei mulla ole yhtään rahaa, en voi antaa takaisin, se seurakuntanuoren näköinen nainen valitteli.

– Anna olla, osta lopulla leivoskahvit. Hän vaati saada katsoa, kun kirjoitin taskuallakkaani "lainattu 50 € Liisalle, maksaa ensi kuun tilistä takaisin". Niinhän minä silloin vielä luulin.

Arvaat kai jo, että sitä viisikymppistä en koskaan nähnyt ja arvaat myös, että yllättäviä rahareikiä ilmaantui lisää. Ensin harvakseltaan, ei todellakaan liian usein, että olisin jo nostanut tuntosarveni pystyyn. Syyt olivat tavallisia ja summat niin pieniä, että vippiin oli mahdollista käteisellä suostua. Enää emme kirjanneet niitä taskupäivyriini. Ei se minustakaan ollut tarpeen. Enkä ole muitakaan ystäviä saanut tässä oudossa kaupungissa, minne minun piti muuttaa vuosi sitten firman fuusioitumisen takia. Sellaista on, kun ei tunne oikein ketään. Liisa oli huumorintajuinen ja hauskaa seuraa, kun osuimme rapussa vastakkain. Oli mukava rupatella jonkun nuoremman naisen kanssa, sillä hän olisi voinut olla tyttäreni, joka oli synnytyksessä kuollut kohtuun ja särkenyt lyhyen avioliittoni. Naisen surua ei miehet kestä, sen tulin tietämään.

Sitten hänen äitinsä kuoli ja hautaustoimiston kustannusarvio ylitti naisen maksukyvyn.

– Mitä jos valitsisit edullisemman arkun ja pienemmän kukka-asetelman? Tammiarkku on kallis, jos vainaja tuhkataan. En sanonut "turha" tai "halvempi", koska se on eri asia kuin "edullisempi".

– Nyt on sentään kyse mun omasta ja ainoasta äidistä, hän parkaisi, eikä minulla ollut sydäntä kieltäytyä lainaamasta. Illalla unta kehrätessäni muistelin, että vain pari viikkoa sitten olin nähnyt sen seurakuntanuoren näköisen naisen torilla.

– Tää on mun äiskä, hän esitteli freesin näköisen, siististi meikatun keski-ikäisen naisen.

Tervehdimme ja sanoimme jotain yhdentekevää, niin kuin sanovat toisilleen vieraat ihmiset, jotka eivät odota koskaan enää tapaavansa. Kumpi maksoi mansikat? "Äiskä" taisi availla käsilaukkuaan, kun jatkoin matkaani. Olinhan ollut vain ruokatuntia viettämässä torin kahvikojulla. Miksi en painanut mieleeni hänen nimeään? "Mun äiskä" - nimellä ei löydy ketään, joka olisi voinut vielä pelastaa minut ja antaa tarpeellisia tietoja. Äiskä oli näyttänyt terveeltä. En turhaa kohteliaisuuttani kehdannut kysyä seurakuntanuoren näköiseltä mitään äidin yllättävästä kuolemasta. Lehdissä ei kerrottu kolareista tai muistakaan onnettomuuksista, joissa olisi joku nainen menehtynyt.

Se seurakuntanuoren näköinen nainen asui alimmassa kerroksessa. Talossa alkoi levitä huhuja, aluksi tietenkin nimettöminä, eikä kohdettakaan mainittu. Joku ei ollut maksanut vuokriaan. Jonkun luona kulki epämääräistä porukkaa päivisinkin. Käytävästä oli tullut roskaisempi, hiekkalaatikkoon oli oksennettu. Sitten huhut tarkentuivat ja aloin itsekin uskoa niihin – ainakin puolittain. Yhtenä lauantaiaamuna näin talomme isät siivilöimässä hiekkalaatikkoa, ettei siellä vain ole huumeruiskuja. Pari sellaista oli kuulemma pudonnut maahan, kun roskakuskit kaatoivat säiliöitä autoon. Se oli oikeasti jo vaarallista, sillä talossa asui monta lapsiperhettä. Olinkin pannut merkille, että sillä solakkavartaloisella seurakuntanuoren näköisellä naisella oli aina pitkähihainen pusero, vaikka kesä oli harvinaisen lämmin. Mielestäni monet liikkuivat helteessä aivan liiankin paljastavissa asuissa. Jotkut olivat panneet merkille, että se seurakuntanuoren näköinen nainen ei käy säännöllisesti töissä, mutta onhan muitakin hommia, eivätkä kaikki ole töissä kahdeksasta neljään niin kuin minä.

Arvaat jo, että olin maksanut melkein puolet hautauskuluista, vaikka en kuittia saanutkaan nähdä. Hautajaisiin oli päätetty kut-

106

sua vain lähimmät – ei siis minua. Kun teatterista tullessani satuin näkemään tämän äsken haudatun äidin poistumassa sen seurakuntanuoren näköisen naisen kanssa epävarmoin askelin ravintolasta, jotain kiehui yli päässäni ja myöhemmin samana iltana soitin hänen ovikelloaan.

– No mitäs täällä tapahtuu? kysyin kun huoneistossa näytti olevan sekalaista jengiä ja melu ylitti normaalit desibelirajat.

– Tuu Lissu kattoon, tääl on taas joku sosiaalikyylä, huusi puolipukeinen korsto huoneeseen päin.

– Nää on mun serkkuja. Me muistellaan mutsia. Nää on kivoja, tuu mukaan vaan, sanoi nainen, joka ei enää näyttänyt kiltiltä seurakuntanuorelta. Hän oli selvästi aineissa. Silmät harittivat ja vaatteet olivat likaiset. Eteinen oli sekaisin saapasta ja nyssäkkää.

Vahdin koko illan ikkunasta, milloin serkut lähtisivät. Neljä heitä oli ollut näkyvissä ja ehkä enempää ei ollutkaan. Talossa on hyvät pihavalot, vaikka elokuu alkoi jo hämärtää. Kun piha oli tyhjentynyt, oli kellokin ohittanut puolen yön. Menin alakertaan ja soitin ovikelloa. Soitin toisen ja kolmannenkin kerran. Ei sanoja, vain kaksi puukoniskua, ensin kaulakuoppaan ja toinen siihen, missä arvelin sydämen olleen, eikä sitä joskus seurakuntanuoren näköistä naista enää ollut tässä maailmassa.

– Minä en ainakaan sinun hautajaisiasi maksa, huusin viha äänessäni.

– Lissu, kuka siel on? takelsi sama ääni makuuhuoneesta. Samalla hetkellä aiemmin oven avannut korsto hoiperteli eteiseen, näki lattialle levinneen veren ja vääntyneen naisen vartalon. Sekunnin sadasosassa hän veti taskustaan aseen ja laukaus jäi kaikumaan läpi kerrosten.

PUHEMIEHEN PALKKA

Aamuisin olen vielä unessa, kun kalastajaveneet jo lähtevät. Tuskin erotan ulapalta enää herättyäni paikatuista säkkikankaista ommeltuja pieniä purjeita, punaruskeaa, toista sinistä ja paria harmaanvalkoista. Painetut tekstit kertovat niiden edellisen käytön.

Kerran oli minunkin noustava ennen aurinkoa ja kello kuuden kirkonkelloja saattamaan kylän kalastajat matkaan, kun suomalaispojat pyysivät puhumaan heille paikan veneeseen. Naiset toivat huonoa pyyntionnea, enkä olisi merelle lähtenytkään, sillä päivästä toiseen kalastajaelämää katseltuani on kuvitelmat sen ihanuudesta karisseet. Nuorille miehille se olisi elämys, jota muisteltaisiin ylpeänä vielä kauan koti-Suomessa.

Siinä me alkamattomassa aamussa kuljimme peräkanaa, puhemies ja kalaan hinkuavat, taskulampun valokeilassa kohti aaltojen kumua. Pojat pääsivät mukaan maksettuaan päiväpalkan kalastajalle, jonka oli jäätävä maihin. Reilu sopimus, vaikka uteliaat nuoret eivät edes arvanneet, miten kovaan työhön lunastivat paikkansa. Ainahan matkailijat jahtaavat elämyksiä, mitä ainutkertaisempia ja mahdottomampia, sen parempia.

Puiset kalastajaveneet on korkealla hiekkatörmällä ensin käännettävä ja työnnettävä kohti rantatyrskyjä. Joka seitsemäs tai joskus yhdeksäs aalto niin kuin Aivazovskin maalauksessa on suurempi ja petollisempi. Kokemus osaa katsoa sopivan aaltojen välin, ja silloin on toimittava nopeasti. Miehet hyppäävät mukaan vasta kun aallot lyövät jo yli vyötäisen, ja samalla alkaa vimmattu melominen kohti ääretöntä ulappaa. Vapaamatkustajia ei ole, joten nuoret miehet joutuvat heti työhön. Vasta kun vene on kaukana rantatyrskyistä, voi laskea kölin, nostaa maston ja kääriä purjeen auki. Pidin tiukasti silmällä sinisen purjeen loittonemista, jotta iltapäivällä osaisin etsiä sitä, kun nuottaa aletaan vetää rantaan.

Myöhään iltapäivällä venekunnat uivat kuin salaa horisonttiin. Koskaan ei tiedä, minne ne rantautuvat, sillä tuulet ja merivirrat voivat kuljettaa nuottaa parikin kilometriä sivuun kotirannasta. Naiset ostavat saaliin myydäkseen sen eteenpäin ja arvuuttelevat, missä nuotta vedettäisiin maihin. Nyt vain tapetaan aikaa, jota Afrikassa piisaa. Juorut kiertävät ja kuten aina, missä kaksi tai kolme naista kohtaavat, syntyy kampaamo. Entiset letit puretaan ja vikkelät sormet rakentavat yksitellen viereen uusia, niin että jos työ äkkiä pitäisi keskeyttää, ei outo huomaisi mitään. Mikäpä on istuskella lämpimällä hiekalla, kun pienimmät on tuuditettu päiväunille ja naisistakin joku on oikaissut varjoon. Ei ole muutakaan tekemistä, ja veneet ovat vielä kaukana. Tähyillään merelle. Ei ole kiire minnekään. Odotusta oppii outokin sietämään Afrikassa.

Kun veneet ovat melkein huutomatkan päässä, nähdään minne nuottaa aletaan tuoda. Mastot on jo laskettu. Miehet nojaavat laitoihin valmiina rantatyrskyihin ja kun käsky käy, melotaan yhtä voimakkain vedoin kuin ulapalle lähtiessä. Silloin voi kokemus valita oikean hetken tyrskyjen ylittämiseksi, mutta nyt se on sattumaa. Vene tulee niihin aaltoihin, mihin melojat sen onnistuvat ohjaamaan. Huonolla onnella se sinkoutuu takaisin merelle tai paiskautuu kumoon. Tänään meri on säyseä ja punaiset merkkipallot ovat kaukana ulapalla. Ranta on täyttymässä, sillä sana on kulkenut läpi kylän. Pari keskenkasvuista poikasta on jo hypännyt mereen ja uinut nuotan vetoköyden liinan sitä odottaville vanhemmille, jotka kiristävät köyttä, mutta vene on ensin vedettävä ylös rantavallille. Paksuista lankuista rakennetun purren nosto on miesten kovaa työtä, vaikka vipuaminen vähä kerrassaan näyttää kevyemmältä kuin onkaan. Illalla tulee nousuvesi.

Kaikki ovat mukana touhussa ja suomalaispojillakin on päivän työt kesken. Helpolla he eivät totisesti päässeet. Nuotta on nyt turvassa, kun molemmat köydet on sidottu kauas palmuihin ja sitä aletaan miehissä vetää rantaan. Ainakin parikymmentä miestä tarvitaan kumpaankin vetoköyteen ja joku poikanen kilkuttaa vieressä tahtia laululle. Veto etenee hitaan varmasti. Vanhat miehet, jotka eivät enää lähde merelle, pinnistävät lihaksikkaat selkänsä, näyttävät vielä voimansa ja päivän saalis, monen perheen elanto, on heidän jaksamisensa varassa. Satunnaiset ohikulkijat ja jotkut matkailijatkin sovittavat kätensä vetoköyteen, mutta sekoavat pian rytmistä ja kaatuilevat jalkoihin. Enemmän heistä on vaivaa kuin hyötyä! Harva jaksaa tosissaan kiskoa paksua, märkää köyttä pari tuntia kantapäät tiukasti hiekkaan painettuina. Näin täällä on mies muistiin vedetty kalansaaliit paljon ennen valkoisia. Perä on taas viime viikkoista pienempi. Ulkomerellä vieraat troolarit haravoivat suuret saaliit uumeniinsa ja repivät koko merenpohjan. Troolien pitkät varret näkyvät paljaalla silmälläkin ja ihan kiusallaan ne osoittavat mahtinsa ja tulevat liian lähelle, sillä kylän miesten puuveneet ovat kirppuja kalatehtaiden rinnalla. Kun ahneet ruumat täyttyvät jäihin pakatusta saaliista, ne lähtevät kotimaihinsa, mutta toiset tulevat heti tilalle. Niitä on joskus kolmekin, ja niiden verkkoihin kuolleet kilpikonnat ja delfiinit ajautuvat rannallemme. Ne kalastavat joka päivä, sillä kiinalaiset eivät kunnioita tapaamme jättää joka viides päivä kaikki kalat meren jumalattarelle, Mami Watalle.

Entä ne pojat? Palaneet olkapäät ja käsivarret hilseilevät arkoina pari päivää, kämmenten rakot ja työhön tottumattomat selät kipuilevat kauemmin.

Nuoret turistit olivat kuulemma pärjänneet niin hyvin, että ansaitsivat muutaman pulskan barin työpalkakseen. Ruotoisia meriahvenia tulee aina paljon saaliiksi ja niitä on tienvarren kuppiloissa joka päivä.

Silkasta kohteliaisuudesta annettiin yllättäen minulle, jolla ei edes ollut osuutta saaliiseen, kolme komeaa barrakudaa! Illalla kutsuin ystävät syömään ja kiitimme Mami Wataa meren lahjoista.

Risto Talka

82 vuotta, insinööri

Siemenen kirjoittamisesta laittoi 1950-luvulla itämään äidinkielen opettajani Väinö Tala. Osallistuminen 1972 Rakennustaito-lehden kirjoituskilpailuun ja voitto siinä antoi lisää intoa. Työni vuoksi olin ammatillisesti näköalapaikalla. Kirjoitin ammattilehtiin ja myöhemmin muihinkin lehtiin. Olen julkaissut sähköisesti tietokirjan Rakenna turvallisesti – rakenna taloudellisesti (2016). Kirjaa myy Ellibs Oy. Opiskeluajan kesät olin Saimaan kanavan työmailla. Kokemukset siellä poikivat novellikokoelman Kanavan pohjan tervaaja (Mediapinta 2022). Olen kirjoittanut lähes kaikkiin Paltan julkaisemiin antologioihin yhdistykseen liittymisen jälkeen vuonna 2006. Kirjoittaminen on yksi eläkepäivien parhaista harrastuksistani.

MYRSKY

Lauri istuu hellehattu päässä laiturin nokassa ja vilvoittelee jalkojaan ilmaa viileämmässä vedessä. Hän muistelee lapsuuden ja nuoruuden kesiä Viitasaarella. Silloin kirmattiin pitkin pihoja, puutarhoja ja peltoja variksen saappailla. Vain leikattu heinäpellon sänki jalkojen alla pakotti laittamaan kumisaappaat jalkaan. Monta kertaa päivässä pulahdettiin Keiteleen vilpoiseen veteen, uitiin, sukellettiin ja kelluttiin traktorin pullean sisuskumin varassa. Kesät olivat lämpimiä, mutta eivät kuumia, kuten tänä kesänä. Tupaan mentiin vain syömään ja leikkaamaan ruislimpusta siivu välipalaksi. Tällaisina Lauri muistaa lapsuuden kesät. Sitten Laurin ajatukset siirtyvät Berliiniin, nykyiseen kotipaikkaan, jonne työ on hänet vienyt. Rauhaton ja meluisa suurkaupunki on vastakohta Viitasaaren rauhalle ja kauniille luontomaisemalle. Berliinin lähellä ei ole ainuttakaan järveä. Kaupungin läpi virtaava joki on haiseva. Kaupungin ulkopuolella on Hitlerin kaivattama kuoppa, josta otettiin soraa sotilaallisiin- ja muihin rakennuskohteisiin. Paikkaan muodostui pikkulampi. Se on halkaisijaltaan alle sata metriä. Keskeltä se on syvä. Aurinkoisina päivinä pikkulammen ympärille kerääntyy paljon ihmisiä.

Muistoissaan istuva Lauri havahtuu. Jotakin erikoista tapahtuu. Hän katsoo ympärilleen. Järven pinta tyyntyy ja muuttuu peilityyneksi. Linnut lakkaavat laulamasta. On täysin hiljaista. Lauri miettii, mistä näin yhtäkkinen hiljaisuus johtuu. Laurin pohdinnan lopettaa äidin kutsuhuuto.

– Lauri, tule kahville!

Lauri kipuaa mäkeä ylös. Martta, Laurin äiti on kattanut kuistin pöydälle kahviastiat kahdelle. Pöydällä on mansikkakakku. Martta lähtee sisälle noutamaan kahvipannua. Samalla alkaa tuulen kohina. Tuulen puuska kaataa pöydältä maljakon sireeninoksineen ja nostaa pöytäliinan helmat kakun ja astioiden päälle. Tuuli yltyy ja vetää pöydän tyhjäksi. Täytekakku sotkeutuu nurmikkoon. Tuulen kohina on pelottavaa. Lahden pohjukasta etenee trombi. Se nostaa pyöriessään ylöspäin levenevän suppiloisen vesipatsaan. Samalla metsän hakkuuaukkoa pitkin etenee toinen trombi. Se nostaa oksia ja muuta irtonaista ilmaan. Trombit etenevät lahden pintaa pitkin pohjukkaa kohti. Ne törmäävät toisiinsa, yhtyvät ja muodostavat entistä suuremman pyörivän vesipatsaan. Se etenee hiukan mutkitellen kohti lahden pohjaa.

– Hei, siellä on soutuvene, Lauri huutaa.

Samalla trombi osuu veneen keulaan ja nostaa veneen pystyyn. Hetkeksi vene häviää vesihuurun sisään. Pian vene näkyy järven pinnalla. Se on ylösalaisin vedessä. Trombi jatkaa matkaa ja katoaa kaartuvan metsän taakse.

Vedessä näkyy kahden ihmisen hahmot. He pitävät kiinni kumollaan olevasta veneestä. Lauri juoksee rantaan, työntää veneen vesille, ajaa veden varassa olevien luokse. Vedessä on kaksi naista, nuorehko ja vanhempi. Lauri kiskoo heidät veneeseen. Läpimärät naiset istuvat veneessä. Vanha nainen vapisee. Hän ei pysty puhumaan. Lauri ajaa rantaan. Martta on siivonnut myrskyn jälkiä. Pöydällä on uusi liina, neljä kuppia ja kahvipannu, jossa on uutta kahvia. Täytekakku on pieninä muruina pitkin lähiympäristöä. Martta tuo mökin komeroista kuivia vaatteita. Naiset saavat suojakseen kaikkea mahdollista, mitä mökistä löytyy. Laurin isävainajan alusvaatteita, verkkareita, kylpytakkeja ja saunapyyhkeitä. Heidän vaatteensa ovat saunan rannassa narulla kuivumassa. Vieraat istuvat kahvipöydässä ja saavat täytekakun sijaan kanelikorppuja. Niitä on aina kaiken varalta mökissä.

– Olen ollut täällä yli kolmenakymmenenä kesänä. En ole koskaan aikaisemmin näin kovaa myrskyä nähnyt, äiti sanoo.

– Nyt minäkin uskon puheisiin ilmastonmuutoksesta, sanoo Lauri.

KINKKUA JOULUPÖYTÄÄN

Vuorisen isäntä oli tehnyt useita haulikon patruunoita lähestyvää metsästyskautta varten. Nyt yhtä tarvitaan sian teurastukseen. Sika on kasvanut täyteen kokoonsa ja jopa tavallista pulskemmaksi. Jouluun on vielä kosolti aikaa, mutta pitäähän kinkun suolautua maistuakseen sitten joulupöydässä.

Vuorisen emäntä syö mielellään jouluna kinkkua, mutta hän ei henno nähdä syöttämänsä sian viimeistä hetkeä. Hän ei halua lasten näkevän teurastuksen julmuutta. Siksi hän komentaa lapset sisälle tupaan ja kieltää heitä tulemasta ikkunaan kurkkimaan toimitusta. Itse hän menee saunan taakse kainalossaan ämpäri veren saamiseksi.

– Sano, kun aiot ampua, emäntä pyytää.

– Kohta kajahtaa.

Emäntä laskee ämpärin saunan kuistin seinustan penkille ja työntää sormet korviin. Kuuluu pamaus, jolloin emäntä ryntää katsomaan tulosta. Hän näkee isännän seisomassa haulikon piippu ylös sojottaen, mutta sikaa hän ei näe. Samalla juokseva sika törmää emännän jalkoihin, jolloin hän kaatuu. Kiljuva sika jatkaa juoksuaan pihan poikki kylätielle kohti Mäkitörmää.

– Ammuitko sinä ohi! Siinä meni meidän joulukinkku.

– Kyllä se osui keskelle otsaa.

Emäntä menee saunan kuistille. Hän istuu seinustan penkillä, painaa pään käsiinsä ja nyyhkyttää. Isäntä puhdistaa haulikon piipun. Hän istuu pihan keinussa, katselee jonkin aikaa näkemättä mitään. Pitkän hiljaisuuden jälkeen kuuluu kylätieltä päin sian röhkäisy. Isäntä ja emäntä kääntävät katseensa kylätielle. Mäkitörmän aikamiespoika taluttaa narussa sikaa. Sialla on musta läiskä otsalla.

– Teidän sika tuli meillä käymään.

Vuorisen perhe istuu joulupöydässä. Jokaisella on edessään lautanen. Isäntä ryhtyy leikkaamaan kinkusta siivuja suurella veitsellä.

– Nyt saadaan ohiammuttua sikaa, emäntä sanoo.

Isäntä ja emäntä purskahtavat nauruun.

VIHREÄ VILLATAKKI

Kahvilan pyöreässä pöydässä istuu neljä nuorta miestä. Kaverukset istuvat jokaviikkoisella tapaamisella, käydään läpi viikon tapahtumat, kuulumiset ja kinastellaan politiikasta.

– Ei tällä porukalla ehditä enää usein kahvitella. Hanski muuttaa Rovaniemelle, Kale sanoo.

– Niin. Milloin sinä aloitat siellä, Lasse kysyy.

– Toukokuun alusta. Asunto pitäisi ensin löytää, Hanski sanoo.

– No, tarjoatko lähtiäiset? Ehdit kai ne järkätä, Kale kysyy.

– Ehdin, mutta en mitään kallista. Muutto maksaa ja autokin pitää vaihtaa. Ei Fiat-kuutosella siellä työmatkoja tehdä, Hanski sanoo.

– Sopiiko, että mennään Leningradiin? Siellä on halpaa. Jokainen maksaa omat kulunsa ja Hanski tarjoaa yhtenä iltana venäläisen päivällisen, Kale ehdottaa.

– No, eiköhän se onnistu, Hanski sanoo.

Aamukuudelta alkanut matka Vaalimaan ja Viipurin kautta oli edennyt monien vaiheiden jälkeen Leningradiin hotelli Astoriaan. Jonotettiin rajapuomilla, tulliselvityksessä ja passiluukuilla kauan. Pepe joutui vielä takahuoneeseen tarkastukseen. Hänen kellonsa herätti epäilykset tullimiehessä. Lopuksi auto syynättiin sisältä ja alta. Matkalla miliisi pysäytti ratsioihin vähän päästä. Piti näyttää passit, viisumit ja kuljettajana olleen Pepen ajokortti. Kellon osoittaessa iltakuutta miehet olivat hotellissa. He peseytyivät ja menivät ravintolaan syömään.

Tuskin he ehtivät vilkaista ruokalistaa, kun pöydän viereen ilmestyy virka-asuinen mies. Hän näyttää Pepen auton rekkaria ja viittoilee ulos. Pepe lähtee miehen mukaan, mutta tullessaan takaisin hän on kiukkuinen.

– Mies vaati ruplan parkkimaksua. Kun ei ollut ruplia, siihen kelpasi vain kahdenkymmenen markan seteli. Virallisen kurssin mukaan yksi rupla on kahdeksan markkaa. Kymmenen markkaa ei kelvannut. Piti olla kaksikymmentä markkaa, Pepe valitti.

– Näin täällä turisteja kohdellaan. Jos ei ole ruplia, pyytäjä määrää vaihtokurssin, mutta pistää erotuksen omaan taskuun, Kale sanoo.

Seuraava aamu on aurinkoinen ja lämmin. Miehet lähtevät tutustumaan Leningradin nähtävyyksiin. He jättävät päällystakin hotelliin ja kulkevat pikkutakissa, paitsi Hanski. Hänellä on yllään sammalenvihreä villatakki, jossa on samanväriset nahkapaikat olkapäillä ja kyynärpäissä. Se saa paikalliset salakauppaa käyvät nuoret miehet esittämään ostotarjouksia. Muutama mies kävelee kaiken aikaa kintereillä ja tarjoaa ruplia maksuksi. Kadulla vaihtokurssi on toisenlainen. Jos tavara on suosittu, yksi markka vastaa yhtä ruplaa, jopa enemmän. Tarjoukset vaihtelevat viidensadan ja tuhannen ruplan välillä. Eräs mies tarjoaa tuhat viisisataa ruplaa. Hanski laskee, että tarjous on kaksinkertainen villatakin hintaan uutena. Hanski hyväksyy hinnan. Mies laskee summan Hanskin käteen viiden ruplan seteleinä ja riisuu oman kauhtanan päältään, antaa sen Hanskille ja poistuu paikalta vihreä villatakki päällään.

Hanski maksaa koko viikonloppuna syödyt ateriat, kahvit, ajot taksilla, pääsyliput turistipaikkoihin ja koko porukan tuliaiset kotiin. Näihin hän saa kulumaan vajaat sata ruplaa. Sunnuntaina puolen päivän aikaan kaverukset lähtevät ajamaan kotia kohti. Matka sujuu ilman turhia miliisin pysäytyksiä Vaalimaan vastaiselle rajalle. Jono rajalla on pitkä. Miehet istuvat autossa.

– Hanski, onko sinulla vielä ne ruplat taskussa, Lasse kysyy.

– On, kuinka niin, Hanski vastaa.

– Neuvostoliiton laki kieltää viemästä ruplia ulkomaille. Kiinni jäänyt joutuu vankilaan, Lasse sanoo.

Hanski muistaa kuulleensa asian joskus aikaisemmin. Hän ymmärtää menettävänsä hyvän työpaikan, jos joutuu täällä vankilaan. Tuskan hiki nousee otsalle. Sydän hakkaa kuin konevasara. Hän näkee vanhan miehen kävelevän ohut keppi kädessään. Kepin päässä on naula. Siihen hän on lävistänyt muutamia ruplan seteleitä. Hanski viittaa miestä tulemaan luokseen. Mies tulee avatun auton ikkunan viereen, Hanski ojentaa miehelle peukalohangallisen seteleitä. Mies ei tajua hetkeen mistä on kysymys. Sitten kasvojen ilme muuttuu. Hän tarttuu setelinippuun, sujauttaa setelit taskuunsa ja yrittää halata Hanskia ikkunan kautta.

Hanski tajuaa selvinneensä vankilan vaarasta ja auttaneensa vanhaa miestä tämän rahahuolissa.

KOMMELLUS

Onerva ja Leevi nousevat junaan Lahdessa. Lahteen he tulivat linja-autolla kotoaan Orimattilasta. Edellisenä päivänä Leevi kävi ostamassa liput asioidessaan Lahdessa. He ovat menossa Parikkalaan Onervan äidin luo. Junassa he löytävät paikat vastakkaisilta istuimilta. Leevi nostaa matkalaukun ylös säilytystilaan. He ripustavat takkinsa molemmin puolin ikkunan vieressä oleviin koukkuihin. Juna lähtee, ja pariskunta istuu ikkunasta ulos katsellen. Pienen tovin kuluttua tulee junailija.

– Katsotaan Lahdesta tulleiden matkaliput, junailija sanoo.

Leevi kaivaa liput taskustaan ja ojentaa ne junailijalle. Tämä silmäilee hetken lippuja.

– Tämä juna ei mene Parikkalaan asti, vaan jää Imatralle. Runsaan tunnin kuluttua Imatralta lähtee paikallisjuna Savonlinnaan. Sillä pääsette Parikkalaan, tai kaksi ja puoli tuntia myöhemmin tulee Joensuuhun menevä juna. Näillä lipuilla pääsette jatkamaan Simpeleelle. Voitte odottaa Imatralla. Siellä ehditte poiketa vaikka kahvilla tai käydä ihailemassa karjalaista kuvataidetta kulttuuritalo Virrassa. Se on muutaman sadan metrin päässä asemalta.

Kun junailija menee seuraavaan vaunuun, Onervan silmäkulmat rypistyvät ja silmiin tulee vihainen kiilto.

– Taas sinä mokasit. Kyllä sinä olet melkoinen tohelo. Et osaa ostaa lippua oikeaan junaan. Hyvä kun edes päästään perille eikä tarvitse Parikkalaan asti kävellä. Kiireellä piti kotoa lähteä ja ties mitä unohtui ottaa mukaan. Ei ole edes tuliaisia äidille.

– Voihan niitä katsoa Imatralta, Leevi sanoo.

– Siellä nyt mitään ole. Pelkkä asema.

Leevi kääntyy ikkunaan päin, nojaa kyynärpäällä ikkunan pieleen, painaa otsansa kämmeneen ja katsoo ohikiitäviä rakennuksia. Onerva tuijottaa Leeviä, mutta on hiljaa. Juna ylittää Kymijoen korkeaa siltaa pitkin. Tulee automaattinen kuulutus.

– Seuraavana Kouvola. Sieltä lähtee juna Kuopioon kello seitsemäntoista viisikymmentäviisi raiteelta neljä.

Juna pysähtyy muutamaksi minuutiksi Kouvolaan. Matkustajia poistuu junasta ja muutama nousee kyytiin. Samaan osastoon tulee reppuselkäinen, nukkavieru ja vanhalle viinalle haiskahtava mies. Hän istuu toiselle puolelle käytävää, nakkaa repun selästään viereiselle istuimelle ja nojaa olkansa ikkunan ja selkänojan kulmaan. Pää jää roikkumaan leuka rintaa vasten. Matka on jatkunut muutaman kymmenen minuuttia, kun mies korahtelee jo unessa. Kotvan kuluttua tulee junailija.

– Katsotaan Kouvolasta tulleiden liput.

Mies havahtuu ja kaivaa puseron taskusta matkalipun. Junailija tuijottaa hetken lippua, ja Leevi huomaa tämän suupielisissä hymyn.

– Kuulkaapas herra. Te olette nyt väärässä junassa. Tämä juna menee Lappeenrannan kautta Imatralle.

– Mitä? Eikö tämä menekään Kuopioon?

– Ei mene. Teidän olisi pitänyt vaihtaa junaa Kouvolassa.

– Olen kaksi kertaa yrittänyt vaihtaa Kouvolassa Kuopion junaan, mutta aina olen joutunut Lappeenrantaan menevään.

– Jos haluatte mennä Kuopioon, teidän pitää jäädä pois Lappeenrannassa ja ostaa sieltä lippu Kouvolaan. Lappeenrannasta seuraava juna lähtee Kouvolaan kaksikymmentä viisikymmentäkolme. Kuopioon menevä yöjuna lähtee kaksitoista minuuttia yli puolen yön. Tällä lipulla pääsette Kouvolasta Kuopioon, mutta se ei oikeuta makuuvaunupaikalle. Suosittelen ostamaan makuupaikkalipun.

Junailija menee seuraavaan vaunuun. Leevi katsoo Onervaa, joka pidättelee naurua.

– Anteeksi äskeinen kiukkupuuska. Hyvinhän sinä asian hoidit, kiitos.

Sinikka Vuento

lappeenrantalainen, eläkkeellä oleva suomen kielen opettaja ja toimittaja, Haukan vetäjä

Kirjoittaminen on minulle tapa hahmottaa maailmaa. En voisi olla ilman tätä harrastusta. Jokainen kirjoittamistehtävä on haaste. Pyrin tuottamaan ymmärrettävää ja samaistuttavaa tekstiä, joka olisi kuitenkin aidosti minua itseäni. Julkaisut: novellikokoelma Rytmihäiriöitä (2016), elämäkertateos Marja Tellervo – Suomen ikäinen (2017) yhdessä Mari ja Aimo Vuennon kanssa, aforismikokoelma Elämä on (2017). Olin myös mukana Kirjoittajapiiri Haukan antologioissa Miun Lappeenranta (2019) ja Sydänääniä (2021).

TOTTA TOINEN PUOLI

Outo ääni keskeyttää lukemiseni. Sitten muistan, että asensin pari päivää sitten kännykkään uuden hälytysäänen. Aikaisempi "Pienet sammakot" sai eläkeläismummot hihittelemään kesken esitelmän.

Harmittaa. Huomisen lukupiirin kirjassa on vielä 100 sivua jäljellä. Vielä enemmän kismittää, kun näen, kuka soittaa.

Tuulikki: Hauskaa nimipäivää Leena! Ajattelin soittaa, kun kerrankin muistin.

(Pah, sait vain hyvän tilaisuuden juoruiluun…)

Ääneen: Voi kiitos. Oletpa sinä huomaavainen. Enhän minä itse muistanut koko päivää.

Tuulikki: Mites te voitte? Ootteko olleet terveinä?

(No jaa, sairastettiin korona muutama viikko sitten, vieläkin yskittää ja väsyttää, mies teloi varpaansa ruohonleikkuriin ja verenpaine on molemmilla taivaissa...)

Ääneen: Ihan hyvin me. Pitää vähän hiljentää tahtia. Ei tässä enää nuorrutakaan.

Tuulikki: No hyvä. Kuulitko, että se Laatikaisen tyttö on taas eroamassa. Ei ehtinyt olla naimisissa kuin neljä vuotta.

(Kun sen ukko hakkasi sitä jatkuvasti ja viimeksi sairaalakuntoon...)

Ääneen: Ihmisillä on kaikenlaista probleemaa, joista ei muut aina tiedä.

Tuulikki: On se kamalaa, kun niillä on kolme lastakin, kaksi edellisistä liitoista ja yksi yhteinen. Kyllä pitäisi vähän aatella, ennen kuin tuollaisia päättää. Aika itsekästä.

(Mitäpä sinä tiedät vanhemmuudesta, kun ei sinulla ole ensimmäistäkään lasta.)

Ääneen: On se toisaalta raskasta lapsille elää riidan keskellä.

Tuulikki: No jaa, en minä silti ymmärrä. Ja Lahtiset on taas lähdössä koko talveksi Fuengirolaan. En minä vain jaksaisi lekotella rannalla kuukausitolkulla. Mistä niillä on rahaakin sellaiseen?

(Niin, sinä vedät mieluummin lonkkaa kotisohvalla eikä teidän omakotitalokaan kovin halpa ole asua. Muuttaisit kerrostaloon, niin olisi millä matkustella. Sitä paitsi Tuulalla on psoriasis. Sen olo helpottuu selvästi etelässä.)

Ääneen: Jotkut kärsii meidän pitkästä pimeästä talvesta enemmän kuin toiset. Ne taitaa asua siellä etelässä vuokrakaksiossa.

Tuulikki: Mites ne sinun lapset voi? Onko Pekka päässyt mihinkään opiskelemaan? Ja vieläkö se Anniina on työttömänä, vaikka sai just maisterin paperit?

(Sinä kuule et tiedä mitään siitä, miten vaikeaa on nykyään saada koulutustaan vastaavaa työtä. Ja Pekka on hakenut ainakin viiteen koulutusohjelmaan. Se raukka kun ei ollut oikein motivoitunut koulussa, ei ollut hääppöinen todistus peruskoulusta.)

Ääneen: Pikapuoliin Pekka varmaan saa tietoa paikoista. Ja Anniina on hakenut moneen paikkaan ja odotellessa tehnyt kotiavustajan töitä. Hyvin ne pärjää.

Tuulikki: Ai jaa. Hyvä juttu. Täytyykin lopettaa, kun pitäisi ruveta leipomaan. Hyvää jatkoa vaan teille ja onnea vielä kerran!

(Sinä mitään leivo, et vain tykkää siitä, etten rupea sinun kanssasi muiden ihmisten asioita päivittelemään...)

Ääneen: Onpa hienoa, että jaksat näin helteelläkin leipoa. Ja kiitos vielä muistamisesta.

Helpotuksesta huokaisten tartun taas kirjaan. Omatunto vähän kolkuttelee nihkeistä vastauksista Tuulikille. Olisi varmaan pitänyt pyytää se kahville, kun se on juuri jäänyt leskeksikin.

Sitten armahdan itseäni ja muistutan, että puhuinhan minä ainakin puoleksi totta!

AINA VAPAALLA

Eläkeläispariskunta Pirkko ja Esko, heidän tyttärensä Sanna ja hänen miehensä Lasse ovat illallisella georgialaisessa ravintolassa, joka on juuri avattu paikkakunnalle. Pirkko on ammatiltaan sairaanhoitaja ja Esko historianopettaja, Sanna on muotisuunnittelija ja Lasse it-alan ammattilainen.

Sanna (maireasti): Olipa kiva, kun pääsitte tulemaan näin lyhyellä varoitusajalla. Me ei ollakaan taidettu olla yhdessä ravintolassa aikaisemmin.

Pirkko: Joo, tosi mukava, kun kutsuitte. Tosin minulta jäi nyt englannin tunti väliin, mutta puhellaan vaikka Eskon kanssa iltalenkillä kieliä...

Esko: Oli hyvä idea tulla tutustumaan tähän ravintolaan. Oli meillä itselläkin aikomus varata pöytä, mutta on se hieno juttu saada teistä seuraa.

Pirkko: Niin, yleensähän me syödään meillä. Vielä me mahdutaan samaan pöytään, vaikka meitä onkin kymmenen.

Lasse: Mitä me nyt tilataan? Tehän olette olleet niin usein Pietarissa. Me Sannan kanssa tykätään enemmän Berliinistä ja tietysti Pariisista. Onneksi Sannalla on sinne niin usein työmatkoja ja minulla aina ylityötunteja, että pääsen kaveriksi.

Esko: No hatsapuria nyt ainakin kannattaa kokeilla ja blinejä, vaikka ne nyt on enemmänkin venäläistä sapuskaa.

Kun Pirkko ja Esko tutkivat ruokalistaa, Sanna kuiskaa Lasselle: Hirveää mättöä....

Ruoka-annokset tulevat kolmen vartin päästä. Pirkko ja Esko kehuvat ruokaa. Sanna ja Lasse myötäilevät, mutta luovat toisiinsa silmäyksiä. Kun päästään jälkiruokaan, Lasse rykäisee ja sanoo: Mitäs te olette suunnitelleet ensi syksynä? Vai onkos teillä mitään ohjelmaa? Tehän olette aina vapaalla.

Pirkko: Voi, ensi syksynä on vaikka mitä ihanaa kansalaisopistossa. Ajattelin ottaa enkun lisäksi espanjan. Ja sitten on pilates ja zumba ja lukupiiri...

Esko: Minä kyllä aion pitää vielä koriksen ja sählyn ja pojat pyysivät mukaan vielä yhteen uuteen bändiin. Ei niitä voi jättää pulaan. Ei ne ilman rumpalia pärjää.

Sanna: Mutta ettehän te joka päivä voi olla menossa. Ajattele nyt äiti selkääsi ja isä, sinä olet jo yli seitsemänkymmenen. Voi tulla vaikka mitä, tapaturmiakin.

Lasse: Voihan niistä harrastuksista olla joskus poissa. Ei kai ne niin sitovia ole.

Pirkko: Ei kyllä mielellään, kun on kerran ilmoittautunut ja maksanut osanottomaksun....

Sanna (keskeyttää Pirkon puheen): Meillä olisi nimittäin teille pieni pyyntö. Tehän tiedätte, että Matias menee ensi syksynä kouluun. Ajateltiin, että voisitteko te olla hänen kanssaan iltapäivisin, kun meillä menee töissä niin pitkään. Ja Tiinakin olisi tietysti onnellinen, jos mamma ja ukki olisivat kotona, kun se tulee koulusta.

Pirkko ja Esko katsovat hämmentyneinä toisiaan.

Pirkko (varovasti): Milloin se koulu taas alkoikaan, syyskuun eka?

Sanna: ÄITI, kamaan, koulut alkaa nykyään jo ennen elokuun puolta väliä, sata vuotta siitä, kun ne alkoi syyskuussa.

Esko: Ai jaa. Kun me ajateltiin mennä Pirkon kanssa elokuussa pariksi viikoksi Italiaan, kun ei haluta syksyllä olla poissa harrastuksista.

Lasse (ärtyneenä): No mutta tehän voitte mennä sinne milloin vain. Tehän olette eläkkeellä.

Sanna: Tää olis meille tosi tärkeetä. Matias on aika arka. Sitä tuntuu pelottavan kouluun meno. Ei me voida ottaa vastuullemme sitä, että sille tulee siitä kamala kokemus. Me ollaan kotona aikaisintaan viideltä. Kuka sille ruokaakin laittaa?

Pirkko (arasti): Eikös ekaluokkalaisille järjestetä iltapäiväkerhoja?

Sanna (puuskahtaa): Ja siis taas uusi outo ryhmä? Ja ne on kyllä aika kalliitakin. Me kun otettiin just iso laina tähän uuteen taloon. Ei ole oikein varaa. Ja Matias niin tykkää teistä. Olisi niin ihanan turvallista tietää, että kaikki hoituu kotona.

Esko: Tuota, kuinka kauan tämä päivystys sitten kestäisi?

Sanna: Voi, kyllä mä uskoisin, että Matias jo marraskuussa on tottunut koulutouhuun. On siellä luokalla yksi eskarikaverikin. Ja itse asiassa: sen eskarikaverin äiti jo kyseli, että voisitteko te katsoa vähän Villenkin perään. Siis jos te kuitenkin hoidatte jo Matiasta.

Pirkko (onnettomana): No sitten ei varmaan kannattaisi ilmoittautua niihin ryhmiin. Nehän ovat melkein lopussa marraskuussa.

Lasse: No tuleehan se taas uusi syksy ja keväälläkin alkaa uusia kursseja. Tosin minulla on kyllä aika pitkä työmatka jenkkeihin helmikuussa. Silloin apu olisi kyllä tarpeen.

Sanna: Ai niin, piti puhua vielä joulusta. Ajateltiin mennä Lassen kanssa uudenvuoden tienoilla Nykkiin, kun minä en ole ollut siellä ikinä. Saataisiin olla kerrankin kahdestaan kaukana näistä alituisista kotihuolista. Puhuttiin jo Tiinalle ja Matiakselle ja ne olivat aivan riemusta soikeina, että päästään viikoksi mammalaan.

Pirkko: Ai jaa, puhuitte jo. Kun me vähän suunniteltiin, että mentäisiin Lappiin hiihtämään joulun jälkeen, kun on niin paljon niitä jouluvieraitakin. Teidän lisäksi siskonkin porukka.

Sanna: Mitä hulluja. Eihän Lappiin kannata mennä tuohon aikaan. Kaamoshan siellä on eikä latujakaan vielä tehty.

Esko: Juteltiin jo siitä Lapin reissusta yhden tuttavapariskunnankin kanssa, nekin voisivat...

Lasse (painokkaasti): Kyllä se oma perhe on nyt laitettava etusijalle. Sitä mieltä me ollaan Sannan kanssa. Ollaan niin kotiihmisiä!

LINNUT

– Ensin taitetaan paperi neliöksi, sitten kolmioksi, sitten käännetään, sitten taas kolmioksi, ja sitten siivet irrotetaan....

Emma neuvoo ja minä taittelen ja kysyn, taittelen ja kysyn. Vaikeaa. Vanha japanilainen perinne ei oikein istu minun aivoihini. Ei vaikka kuinka yritän. Turhauttaa, ärsyttääkin. Miksi minun pitää tehdä näin hankalia juttuja. Lopulta päädyn taittelemaan aihioita Emmalle. Hän hymyilee rohkaisevasti. Ihana tyttö!

Lintuja on tarkoitus jakaa naistenpäivänä rauhan symboleina. Keksin itselleni sopivamman askartelun. Teen kortteja, joissa on kannustava lause ja rauhanmerkki. Olo tuntuu heti paremmalta.

Mietin kokemaani prosessia ja äkkiä näen siinä symboliikkaa. On paljon helpompi omaksua valmiiksi pureskeltuja asioita kuin ryhtyä vaivalloisesti rakentamaan uutta toimintatapaa. Koska kaikkien mielestä on ookoo tuomita joku osapuoli syylliseksi konfliktiin, miksen minäkin. Ennakkoluulot värittävät vastustajan sellaiseksi, että häntä on helpompi vihata. Sotien aikana viholliskuvat kehittyvät huippuunsa. Kävimme kerran Pietarin matkallamme Leningradin piiritysmuseossa, jossa saksalaiset kuvattiin ihmissyöjiksi ja lapsenraiskaajiksi.

Asioiden pohtiminen vihollisen näkökulmasta vaatii enemmän. Pitää tutkia historiaa, pitää selvittää syitä ja seurauksia. Ihmiset ovat lopulta kaikkialla samanlaisia. Jokainen haluaa elää rauhassa maailmassa, jossa häntä arvostetaan ja jossa hän voi suhtautua luottavaisesti tulevaisuuteen.

Tällainen ajattelutapa edellyttää luopumista stereotypioista. On katsottava kauemmaksi kuin omaan maahan tai niihin maihin, jotka tunnistaa oman elinympäristönsä kaltaiseksi. On mentävä epämukavuusalueille, arvioitava uusin silmin vihollisena pitämäänsä ihmistä.

Rauhan rakentaminen alkaa yksilöiden välisistä suhteista. Kun joku ihminen tai ihmisryhmä ärsyttää tai synnyttää vihan aallon, on usein kyse turvallisuuden tarpeesta. Outo ja vieras pelottaa. Se saa meidät puolustuskannalle.

Tuijotan eteeni kertynyttä aihioiden pinoa. Jospa kuitenkin taittelisin lintua eteenpäin. Tämä taitos on tarpeen, että pääsen näkemään siivet, tuon kun käännän ja tutkin kokonaisuutta, linnulle nousee ylväs pää. Hei, tämähän on hieno. Hiukan kallellaan, mutta persoonallinen, sympaattinen.

Tämän kun ojennan vastaantulijalle, ehkä hänkin saa ajatuksesta kiinni. Rauhan rakentaminen on työlästä, mutta sen lopputulos on kaunis.

Raija Vuorela

paljasjalkainen lappeenran-
talainen

Vuonna 2010 osallistuin en-
simmäiselle kirjoituskurssille
ja viisi vuotta myöhemmin
liityin Palttaan. Pikkutyttönä
kirjoitusinnostus lähti päivä-
kirjalahjasta, ja edelleenkin
tekstini pohjautuvat tosielämään – tai ainakin lähtevät arjesta liik-
keelle. Julkaisut: työelämässä asiatekstiä ammattilehtiin, joista
mainittakoon "Tähän on tultu - hygieniahoitaja muistelee" (Suo-
men sairaalahygienialehti 2/2017). Olen ollut mukana mm. Paltan
joulukalenterissa (Etelä-Saimaa 2016) sekä kirjoittajapiiri Haukan
antologiassa Sydänääniä (2021).

SILMÄLASIT

– Kyllä se niin on, että lasit on nyt hommattava, lääkärin loppu-
lausunto soi korvissani koko kotimatkan. Olin helpottunut, ky-
seessä oli vain ikänäkö, mikä kylläkin osui kohdalleni yllättävän
aikaisin. Harmitti kuitenkin, en ole enää luomua, vaan riippuvai-
nen lisävarusteista. Jos vielä näenkin kävellä, niin laukku lasei-
neen on oltava aina matkassa, mikäli haluan lukea tai tiirata jotain
nähdäkseni.

Silmälasikauppa on mahdoton paikka. Totesin sen heti en-
simmäisellä käyntikerralla. Miksi ihmeessä laseja on oltava niin
valtavasti? Miten sellaisesta paljoudesta osaa valita itselle sen oi-
kean kiikarin? Lasiostosten jälkeen suurin osa kanssaeläjistä kom-
mentoi niitä. Välittömästi aprikoin, ovatko lasit epäsopivat, kun
ihmiset huomaavat ne. Vai olenko itse sokea, kun en huomaa tois-
ten uusia laseja, en vieläkään, vaikka silmälasivuosia alkaa olla jo
kiitettävästi takana. Tosin en muutenkaan kommentoi ihmisten

vaatetusta. Vai voisinko opetella antamaan palautetta? Voi sen varmaan muotoilla niinkin, ettei tule arvosteluasteikko mieleen. Olisiko kouluarvioinnin allergiaa vielä eläkeiässäkin?

Kymmenisen vuotta ensimmäisen lasihankinnan jälkeen oli taas ostosten aika, vanhat olivat lakanneet toimimasta. En jaksa ymmärtää, miten nopeasti näkö muuttuu. Kukkaro todella kevenee, koska käyttölasien lisäksi pitää ostaa myös aurinkolasit ja nykyisin vielä lukulasit. Juhlalaseihin ei enää ole mahdollisuuksia. Toisaalta sanotaan, että raha riittää aina tärkeisiin asioihin tai ainakin asioihin, jotka itse kokee tärkeäksi.

Mutta takaisin ostoksille: normilasit olin jo valinnut, vielä puuttuivat aurinkolasit. Ystäväni mielestä löysin upeat "avagardenit". Varmaan olin filmitähden näköinen, koska lasit peittivät kasvoni kokonaan. Herätin myös huomiota kävellessäni aurinkolasit silmillä marraskuun loskassa. En halunnut diivailla, vaikka lasit sen mahdollistivatkin. Minun piti testata niitä. Ostokseen kuului rajallinen takuuaika, en voinut odottaa kevätaurinkoa.

Minua pyörrytti heti, kun laitoin lasit silmille.

– Totuttele, oli optikon neuvo. Jatkoin sitkeästi kävelyä aurinkolasit nenällä ja ihmettelin, miksi normilasit toimivat, nämä eivät. Muutaman viikon jälkeen oli palattava liikkeeseen ja lasit piti vaihtaa pienempilinssisiin. Selvästi en ole filmitähtityyppiä. Tarvitsen lasit vain näön vuoksi, turha kikkailla näön takia.

KOHTAAMINEN PORRASKÄYTÄVÄSSÄ

– Hei! Onko kaikki hyvin?

Edessäni seisoi vanhempi nainen. Miten osasikin tulla ovesta täysin äänettömästi. Lemmikit muistuttavat omistajaansa, kerkesin miettiä, kun näin pienen karvaturrin suuret, kosteat silmät ja kysyvän katseen.

– Kaikki ok. Harmitti, kun en jaksanut kiivetä portaita vaan jäin odottamaan hissiä. Ei olisi ollut kuin pari kerrosta. Yritin tsempata ja nousta, mutta putosin istualleni saman tien. Nainen katsoi minua epäilevästi.

– Olet ihan kalpea. Mistä olet tulossa tähän aikaan? nainen jatkoi välittömästi selittäen kait itselleen, ettei noissa vaatteissa tansseissa käydä. Ylläni oli oloasu, tuulitakki ja pipo. Onneksi, sillä hiukset taisivat olla sikin sokin. En todellakaan ollut missään bilekunnossa, ehkä mieluummin jälkitunnelmissa, mutta väärissä vaatteissa niin kuin nainen totesi.

Olin asunut tässä talossa reilun kuukauden, enkä ollut nähnyt naista aiemmin. Tosin minulla ei ollut mitään tietoa muistakaan asukkaista, ei edes saman kerroksen naapureista. Yhden miehen olin tavannut ja todennut, ettei täällä Stadissa turhia rupatella. Tuntui siksi kohtuulliselta, että kertoisin rouvalle, missä mennään, kun hän noinkin paljon jutteli täysin ventovieraalle ja oli silminnähden huolestunut.

– Niin, olen sairas, kerroin huonon kuntoni syyksi. Nyt rouva hätääntyi toden teolla, säälitteli ja torui sekä uteli, miksi olen liikkeellä. Vastatessani kysymyksiin hän kavahti samalla pari askelta taaksepäin.

Ymmärsin naisen moitteet. Totta kai vatsataudit ovat tarttuvia. Tuskin kukaan myöskään ulkoilee sairaana aamulla kello kuusi. Rouvalla oli siis täysi syy ihmetellä näkemäänsä ja kuulemaansa.

– Minun piti mennä töihin… En päässyt pitemmälle, kun rouva pauhasi, ettei tuossa kunnossa ole asiaa mihinkään. Kuultuaan, että työskentelin lastensairaalassa, sain uuden ryöpytyksen. Enkö todellakaan ymmärrä?

– Olisit vaan soittanut ja kertonut sairastumisestasi, rouva totesi.

– Niinhän minä teinkin, vastasin. – Minulla ei ole puhelinta ja piti kävellä tuonne kulmakoppiin soittamaan.

MYÖHÄSTYNYT KIRJE

Kiitokset kuuluisivat antaa kasvotusten ja ajallaan, mutta tässä tapauksessa olen ymmärtänyt merkityksesi vasta vuosien myötä. Istut pilven reunalla äitini kanssa, enkä voi enää kasvotusten kiittää – minulle olet silti aina ihana käsityöope. Olimme muuttaneet Lahteen ja aloitin uudessa koulussa. Kyselit, mitä kaikkea olin tehnyt käsityötunneilla – opetussuunnitelmat etenivät eritahtisesti eri kouluilla, enkä esimerkiksi ollut silloin (enkä vieläkään) kutonut sukan kantapäätä, mitä hymyillen aluksi ehdotit. Sitten kehotit minua katselemaan, mitä muut tytöt tekevät ja miettimään rauhassa, mitä haluaisin – opetusmetodisi ehdoton ykkönen oli vapaus.

Muuttaessamme Lahteen, niin kuin muistat, olin rippikouluun menevä, ylipullea teini. Halusin käyttää housuja, mutta ostosreissut olivat tosi hikisiä, kun sopivan kokoisia ei tahtonut budjetillani löytyä. Minulla oli kaappi täynnä kummitädin tekemiä hameita ja mekkoja, eivätkä vanhempani kannustaneet housuvimmaani. Olin jo selvillä opetustavastasi ja ehdotin, josko tekisin arkihousut. Aloitimme mittojeni mukaisten kaavojen tekemisellä. Olit koko ajan läsnä, enkä pelännyt pilaavani hyvää kangasta. Kun työ oli valmis, huokailin onnesta: minulla ei koskaan aiemmin ollut niin istuvia housuja – näytin melkein hyvännäköiseltä.

Seuraava haaste oli juhla-asu: housut ja tunika. Ne onnistuivat avullasi täydellisesti, ja olin ainoan kerran elämässäni mannekiinina, kun ehdotit, että osallistuisin muotinäytökseen, missä esiteltiin koulujen käsityötuntituotoksia. Tämän juhla-asun jälkeen sain itse päättää vaatteistani, eikä kotona mekkoja enää tyrkytetty.

Sen lisäksi, että koko lukioajan pidin huolta, että omistin avullasi istuvat housut, innostuin myös nypläämisestä. Halusit näyttää itse tekemiäsi pitsejä, ja kävimme muutaman tytön kanssa luonasi kesälomalla. Eihän niistä ihanista malleista voinut muuta kuin innostua, tosin omat tekeleeni rajoittuivat liinareunuksiin ja kirjanmerkkeihin.

Tänä päivänä ostan housut kaupasta ja nypläystyynynkin lahjoitin eteenpäin. Käsityötarvikkeet ovat vaihtuneet kirjoihin, mistä tuskin olet pahoillasi – mottosihan oli vapaus valita. Mielenkiintoni suuntautuminen muualle ei ole vähentänyt merkitystäsi. Muistelen lämmöllä yhteistä aikaamme.

Näitä kiitoksia en koskaan osannut sanoa sinulle, mutta senkin edestä olen kertonut sinusta ystävilleni. Olit oikeassa paikassa oikeaan aikaan!